人文雞尾酒

王之相 著

文學叢刊

文史哲出版社印行

國家圖書館出版品預行編目資料

人文雞尾酒 / 王之相著. -- 初版 -- 臺北市：
文史哲，109.07
　　頁；　公分 --（文學叢刊；425）
　　ISBN 978-986-314-518-9（平裝）

863.55　　　　　　　　　　　　109009763

文　學　叢　刊　<small>425</small>

人　文　雞　尾　酒

著　　者：王　　　　之　　　　相
出　版　者：文　史　哲　出　版　社
　　　　　　http://www.lapen.com.tw
　　　　　　e-mail:lapen@ms74.hinet.net
登記證字號：行政院新聞局版臺業字五三三七號
發　行　人：彭　　　正　　　雄
發　行　所：文　史　哲　出　版　社
印　刷　者：文　史　哲　出　版　社
　　　　臺北市羅斯福路一段七十二巷四號
　　　　郵政劃撥帳號：一六一八○一七五
　　　　電話886-2-23511028・傳真886-2-23965656

定價新臺幣二六○元

二○二○年（民一○九）七月初版

自　序：生命的靈魂

感謝上天，容許我在某些方面，可以隨興。

當我隨機遇見一個議題，或者只是一波無由的偶然心動，原則上都可以從我規模不算小的書架上，取出某一本書，針對那個議題或那波心動，翻找書中相關的段落，然後仔細閱讀。既然都仔細閱讀了，又何妨乾脆把它改寫成我個人的讀書筆記，讓這意外的緣分，留下一些較為完整的心得。例如，當我試著以欣賞的角度看著一些學者，在名嘴行列中滔滔地、如機槍似地講話，這就催促著我、逼著我把布狄厄（Pierre Bourdier）的《論電視》（On Television）再好好看一遍。

我不敢推薦這樣的閱讀習慣，因為它剛好揭露了一個事實，那就是之前的我，孤燈下、翻書頁的姿勢無論何等優雅，其實都不過囫圇吞棗而已；若非藉著當下的機緣把書（也只是部分篇章而已）「再好好看一遍」，

則我對該書內容的了解，說穿了也只是浮光掠影的印象。

　　當然，我也得承認，這些書之所以仍然留在我的書架上，以及它們之所以能夠讓我在臨時有需要的時候，依然可以站出來和我碰面，其實也正是書中那些浮光掠影的印象，那些無形的問題意識，悄悄地讓我面對某些現象，而直覺地認定它是一個問題，猶如一個資深的殺手，直覺地認定身邊的某個假遊民，就是來取他性命的殺手。

　　船過水無痕；痕，依然流在心裡。

　　在書本、議題和筆記所圍架起來的小天地中，悠悠過了數年，生產了超過一百篇的「作品」；我從中選擇了廿四篇，構成這本書。然後，無論面對這一百還是廿四，我發現它們有一個共同的特點，那就是，它們毫無共同的特點；既沒有統一的主題，也沒有系統，怎麼看都不成結構。雖然我靈活地以「人文雞尾酒」為書名，藉雞尾酒素材之多元多變來掩飾內心的虛欠，但也這使得這本書的序言寫作，顯得有些難堪，一再改寫而始終無法滿意。

　　終於，我還是把原稿拿給幾個好朋友先行閱讀，低頭請教他們的感受。有位知音，看了之後，嚴肅地對我說，這本書「豐富了生命的靈魂」；我乍聽之下，不免輕嘆……豈料他聳一聳肩，接著說：Well, just to please you.（只是隨便說說，讓你高興而已。）

　　好吧！

　　就來杯雞尾酒吧，just to please myself，且為生命的靈魂乾杯……。

4　人文雞尾酒

人 文 雞 尾 酒

目　　次

1 休 閒

上班第一天，同事們見面的第一句問候，通常是「四天連假你去哪裡玩？」這樣的簡單對話，顯現出「休閒」已經是台灣社會的基本生活概念了，跟「消費」一樣日常而普通。表面上，休閒看似一段「快樂時光」，至少在想像上通常是如此。但法國社會學家布西亞（Jean Baudrillard）在其《消費者的社會》（The Consumer Society）第九章「休閒戲碼或不考能浪費時間」（The Drama of Leisure or the Impossibility of Wasting One's Time）中，卻針對「休閒時間」提出非常深刻的解剖，頗有潑人一盆冷水的感覺。

布西亞先描述一段非常愉悅的場景，在希臘的美麗小島附近之蔚藍深海中，許多遊客在船上一起釣魚，然後一塊分享醇美紅酒；不久，某種不可言喻的兄弟之情正在燃起，甲板上大家相互自我介紹，交換著住址，驚訝於當中有許多人竟然是在同一間工廠上班，張三是技

師而李四是夜間警衛⋯⋯。這是某個地中海俱樂部的小小傳言，十足地反映出：（一）休閒，乃是屬於自由的領域。（二）就人性本質而言，人與人之間是平等而自由的；只要釋放回到「自然狀態」，人類就會與自由、平等、博愛再度重逢。因此，可謂繼承了法國大革命的偉大理想。（三）時間，就這麼存在著，它在那裡等你。你若埋首於工作，你就「沒有時間」；下班之後不受拘束了，你就「有了時間」。

　　可是，「時間」並不是手錶上秒針的跳動而已，它可能是某種文化或某種生產方式下的產物；在特定的生產方式之下，時間如同其他任何商品（好比一輛汽車）一樣，是個可以擁有、可以支配的「物件」或「私人財產」；沒有時間，其它一律免談。

　　當我們說到「休閒的時間」，時間基本上被視為一種「空」的容器，隨你高興而自由填裝任何內容在裡面。但是另一方面，在當今的資本主義生產方式之下，時間又是一種分秒必爭的「投資」，它的內涵與「自由」無關。休閒是渴望自由的時間，而生產體系對於時間的吞噬也永不饜足，這當中就存在著微妙的矛盾。

　　對一個原始部落而言，「你有時間嗎」這句話是沒有意義的。他們的時間，就是人們與大自然共同共鳴的規律節奏，於工作與慶典的循環中往復不已。他們的時間，在性質上是集體的，不是個人的；是當下的，而不是未來的。因此，時間既不是約束，也不代表自由；直言之，原始部落可謂根本沒有「時間」這種東西的，一如他們也沒有「貨幣」。拿貨幣來類比時間，其實是很有意思的。原始部落的時間和「我們的」時間，二者大不相同。我們當前這個消費社會的基礎，就是建立在「工作時間」與「自由時間」的切割、對立之上。然而「時間就是金錢」這句格言並不只是刻在工廠的牆面，同時也刻在度假村的大門口，因為「時間也是預算」，三天兩夜要多少錢。

　　如今，時間有個售價，我們不正在賣出我們的工作時間嗎？但漸漸的，我們的自由時間也有了價格。若要「消費」我們的自由時間，我們還得先「購買」它才行。高鐵的票價比台鐵貴，我們多付了些錢，買下那旅行過程所需要的時間。這裡的邏輯是，我們的自由時間其實是我們「賺來」的時間，也就是賺錢之後再去購買而來的東西。這樣的看法可能會讓一些人感到惱怒，因為他

們一直以為時間「本來就在那裡」。可是當你投了十塊錢換來一首卡拉 OK 的時間，你就會承認時間不是「本來就在那裡」。對家庭主婦來說，購買一台洗衣機，也等於購買到更多的自由時間。

我們當前的生產體系，它從來不休假，所以休閒也無法逃出這個體系的手掌心。對於工作時間和自由時間的嚴加區分，所以其實是很浮面的。你我上班工作一段時間之後，再休假一段時間，看似一種生活節奏；但它根本不是什麼節奏，而是一套連續運作的單一機制的不同「分工」而已；你將發現到工作時間的種種要求與規範，早已悄悄適用於自由時間。

對於休閒，我們一般的認識是這樣：它代表某種休息、某種放鬆，甚至解脫。但是這種看法錯失了休閒的核心意義，那就是，休閒即是「把時間作為某種消費」，為自己的利益（例如放鬆身心），而把這段時間給「用掉」。在所謂的自由時間裡，你當然可以用任何活動去填滿它，但更重要的是你也有完全的自由「浪費你的時間」。但是就另一角度來看，「休息是為了走更長遠的路」，所以自由時間根本是工作時間的一種附屬，一種機器的保養與準備，所以你也並不是「浪費」時間。退

一步來看，就算休閒是我們爭取到一段讓我們可以盡情浪費的時間，這段時間其實也是你我辛苦賺來的。你我花時間辛苦工作，就是為了賺來一段我們可以完全不去使用它的時間，並且以我們可以盡情浪費它而彰顯我們的自由。我們之於這樣自由時間，就如同西齊弗（Sisyphus）之於他的巨石；當巨石注定一再滾落山谷，西齊弗也享有從山頂走下山的那一段「自由」時間。

雖然大家仍然覺得休閒應該是自由的，但在邏輯上它不可能自由。看似屬於消費或浪費的休閒時間，同時也屬於生產，一樣是受到生產所約束的時間，一如工作時間也是受到生產所約束的時間。即便可以休閒，我們也不敢「浪費太多時間」，因為明早我們還得回去上班；沒有工作，又那來的休閒？

就更深的層次來看，我們所從事的一般休閒活動，其實都不算是什麼具有創造性的活動，好比釣魚、做木工、捏陶、玩些手工藝、種植或採集一些東西；這些「活動」其實都是早期人類的「工作」。此外，當今的休閒活動模式，基本上都被導引到「童年」的性質裡。但是兒童的天真玩樂，與現代人對於「人人還沒有嚴格崁入勞動分工」那種社會生活的嚮往，例如偶爾當個假日農

夫，是不一樣的。不過兩者有一共同特徵，那就是逃開
「責任」的束縛。現代工作者在休閒中享受著不必負責
的快樂，但那種「不必負責」的反面，卻正是「工作責
任」，二者都源自於同一個生產結構，所以休閒中的不
必負責的自由，仍然不經意地洩漏它的憂鬱性格。

　　刻意把皮膚曬黑、逛完幾個大博物館、重要景點打
卡留念，我們到處都可以看見度假的人們正在追求一種
「成就」，如同追求工作上的「成就與表現」，而「充
實」的假期竟成為一種道德。有人說，如果休閒的義意
在於自由，則休閒時選擇獨處，就十足表現出這種特殊
的自由價值觀，但這也只是口頭上說說而已。實際上，
度假的人們總是聚集在一起，聚集在陽光、沙灘、雪地、
廣場、都會、美食、景點等人潮擁擠的地方。就社會階
層的角度來看，越是底層的人們越喜歡熱鬧，雖然這種
現象一部分和個人的經濟能力有關。休閒乃是一種集體
「尋求拯救」的志業，暗地裡則順服著下面兩項原則：
首先，休閒的需求及其滿足，必須要、也應該要「極大
化」，要玩，就利用時間玩個夠本，一如工作與生產也
服膺極大化原則。其次，休閒必須是「閒來無事」的樣
子，不得從事「有用」的活動，這樣才能感覺自己和那

些大亨具有相同的地位。不過，有些一天工作十五個小時以上的高階主管，寧可工作也不要「自由時間」，超時工作已成為他們專屬的特權、榮耀與「休閒」。

　　無論在今天還是未來，整個生產體制依然是休閒的基礎。工作，是將時間消費於生產；休閒，是將時間消費於不事生產。生產依舊是最基本的價值，甚至是一種義務。休閒是生產過程中的某個瞬間，與其說是休閒者「享用」他的自由時間，不如說是在生產的總價值之下，休閒的正當性才得到認可。在這樣的生產體制下，時間並不是一個你我可以自由取得的東西，休閒也不是一種自主的自由，而只是擁有一段不必工作的時間以滿足我們「自由」的假象，從而更甘願馴服於生產體制的約束。我們確實「依規定」休假，然而對於生產體制而言，我們「不可能浪費時間」。

2　標準與相對

　　人間生活，關於是非，如果完全失去判斷的標準，人們不一定就會活得更快樂。然而關於是非的標準，卻往往被「這只是你的觀點」或「凡事都是相對的」這樣的說法給模糊掉。確實，不同的觀點（例如死刑或廢除死刑）以及時空情境的影響（例如古人「真誠地」認為饅頭沾了死刑犯的血可以治病），不斷促使我們思考是非恩怨真的有其「絕對標準」嗎？一旦找不到出路，我們也可能雙手一攤，肯定地說「是的，人間的一切都是相對的」而停止煩惱。然而這般肯定（肯定一切都是相對的）之本身，卻也形成另一種「絕對」，我們可以稱之為「相對主義」。當相對，而竟成為一種主義，成為一種讓人奉行不渝的人生原則，則人類文明可能反而陷入更深的危機。

英國哲學家卡爾巴柏（Karl Popper, 1902-1994）在其所著《開放社會及其敵人》（The Open Society and Its Enemy）之附錄「事實、標準與真理」（Facts, Standards and Truth）中，曾對這個大問題進行分析。

巴柏認為，當代哲學的主要弊病就是知識上和道德上的「相對主義」，而且道德上的相對主義是以知識上的相對主義為基礎。相對主義（或者也可以稱為懷疑論）認為我們對於各種主張或各種理論的抉擇，其實都是隨意的，因為世間並沒有客觀的真理。當面對兩種以上的看法時（例如異性婚姻或同性婚姻的正當性），我們其實無從決定哪一個比較好，或者哪一種才是對的。

然而，面對這樣的困擾，某些思考問題的程序，有時還是很有幫助的。當我們無法直接回答「什麼是真理」這樣的問題，只好退而求其次，要求任何的說法，至少必須要和相關的「事實」彼此呼應。但「說法要和事實呼應」這句話又是什麼意思呢？假設說「史密斯在十點鐘的時候走進當鋪」是真實的，則它必須呼應的「事實」，必然是「史密斯」在「十點鐘」的時候走進「當鋪」。同時，「史密斯在十點鐘的時候走進當鋪」是誰說的？這個「說法的本身」是個事實嗎？除非我們有個

見證人。可是當見證人說「我看見史密斯在十點鐘的時候走進當鋪」，我們又必須確認見證人「真的看見」這個「事實」；關於這一點，誰又能確認呢？因此「說法要和事實呼應」，必然、也必須是個越來越和更多事實相互呼應的過程。

　　從上面的例子可以看出，我們必須要有一個「標準」，來決定一個說法是不是真實的。所謂的標準，就是一個確定真偽的方法，符合標準就是真，不符標準就是偽，事情就這麼簡單。在這種情況下，除非我們能夠確認「肺結核」的標準，否則「史密斯感染了肺結核」就是沒有義意的一個說法；一如沒有「測謊」的機器，在法庭上就無法確認「史密斯說謊」。總之，如果沒有標準，我們就無法得知某個說法是不是真的，則「肺結核」、「說謊」或「真理」等等字眼也就不算什麼。這樣的態度，當然是錯誤的。

　　事實上，肺結核的檢測機制和測謊器，是在我們腦海中先有個（即便是非常初步）關於「肺結核」、「說謊」的概念之後，才跟著出現的；在開發出肺結核檢測機器之後，我們再由這樣的檢測機制來「界定」某人是否真的感染了肺結核。不過，這並不影響我們之前就已

經知道有一種疾病叫做肺結核，那怕我們之前對於肺結核的知識不夠精確。眼前這張百元紙鈔是真的嗎？就算我們不清楚這張鈔票是真是假的「標準」是什麼，當發現有兩張百元大鈔的序號一模一樣，我們也能猜測其中一張必然是假的。也就是說，為了要確認某個概念是不是有義意，我們「一定」、「必須」要有個作為決定依據的標準，這樣的心態，巴柏稱之為「標準哲學」（criterion philosophy），而且是個錯誤的想法，因為這樣的標準哲學，只會領著我們走向相對主義、走向失望。

　　巴柏相信，正因為大家認為「真理總也該有個標準吧」，才會導致「什麼是真理」這樣的問題變得不知道怎麼回答。缺乏真理的「標準」，並不意味「真理」是沒有意義的，一如就算我們不曉得健康的標準在那裡，這也不代表「健康」這個概念是沒有義意的；生病的人莫不希望「恢復健康」，但他們不會花費心思去研究那些代表健康「標準」的各項指標究竟是什麼意思。若沒有嚴謹的標準，我們就不應該對「真理」太過認真，這種心態將阻礙了我們對於若干重大議題進行嚴肅的邏輯推論。總之，探究一個概念本身的意義，以及應用這個

概念的時候可能會遭遇到的標準問題，這是不容混淆的兩件事情。

　　然而弔詭的是，關於真理，仍然有一個非常核心的貢獻是來自於相對主義，因為它主張沒有任何事物是確定的。歷史非常清楚，我們過去一度以為無比確定的知識，後來往往不斷遭到修正。例如我們以往認為「水」的化學成分是很確定的，因此水也曾被當作其他實驗的檢測「標準」，孰料 1931 年之後發現了「重水」，我們才知道原來「水」竟然不只一種。這個事件很典型地提醒著，我們並不知道科學知識當中有那一部分可能在明天就會變了樣，而我們對於科學的信賴，充其量也不過是一種「信念」而已，科學是會犯錯的，因為科學是人（而不是神）的玩意兒。然而呢，雖然我們的知識可能是錯的，但這不表示犯錯的可能，會讓我們直接站到相對主義那一邊。有些知識確實包含了猜測，但是這種猜測卻有存在極高的正確「機率」，不是一般的瞎猜可比。人會犯錯、標準會被修正等等事實，不代表我們對於不同說法或理論的選擇是隨意的、是非關理性的，也不代表我們不能再度學習、不代表知識不能繼續成長、不代表我們不能「更靠近」真理。

　　如果對於「確定性」的追求是不確定的，這並不等於對於「真理」的追求也是錯誤的。然而，我們「追求」真理，也從來不敢確定我們已經「擁有」了它。事情總有出錯的可能，但是每發現一個錯誤，它就使我們的知識更進一步；知道了甚麼是錯的，因此也確定知道真理並不在這理，這可是大事一件吶！我們可以從錯誤中學習，這是方法論最高明的見解之一。這樣的見解暗示著，我們反而應該刻意去找尋錯誤，應該學習批判自己的看法。我們的知識，如此這般地逐漸成長著，也因而逐漸接近真理，這是極具關鍵性的原則。

　　在直覺上，巴柏認為，當一個說法比另一個說法更接近真理時，它也會呼應更多的事實。這也表示，任何一個說法的本身，未必是「真或偽」二者擇一，而不可能出現第三種可能。即使是一個「偽」的說法，它也可能包含許多可用的資訊，甚至包含一部分的真理。牛頓的理論比克卜勒更接近真理，雖然這並不表示牛頓的理論「就是」真理，因為它同時也可能是「偽」的。沒有任何理論可以免於批判，雖然它目前得到承認，也正被應用著。

我們必須下決定，決定某一種理論（經過批判之後）是否比要其他的理論更值得我們暫時接受它。因此，「決定」也就成為思考方法的內涵。我們必須下決定，但這種決定不是「跳耀」到什麼樣的境界；我們的決定是依據論證和理智、依據從錯誤中學習，也依據他人對我們的批判。這種關於知識的理論，可以顯示出我們所知道的事情是這麼多，同時也這麼少；回首來時路，它顯示出我們如何從無知的泥沼中步步跋涉前進。我們仍在猜測，我們仍在跋涉前進，但是經過重重批判，我們不斷改進我們的看法，從而越來越「接近真理」。

3 歷 史

宋臣文天祥曾經感嘆「一部十七史，從何說起」？這是個非常沉重的感嘆，不只因為歷史的「數量」太過龐大而已。法國歷史學家布勞岱（F. Braudel）所著之「歷史學與社會學」（History and Sociology），收錄在其《論歷史》（On History）一書，正是針對「從何說起」的一種回應，對歷史學的發展影響很大。

布勞岱直言，歷史專門探究過去發生的事情，但歷史不是只有一部，因為史家的歷史專業也不是只有一套。事實上，歷史學有好多套的專業版本，產生了好多種的歷史；隨著不同研究方法、不同觀點、不同目標、不同使命，以及新知識的陸續登場，書寫歷史的各種可能性不斷推陳出新。明天，歷史的種類會比今天還要更多。

於此同時，所有的社會科學也都在影響彼此，歷史學也是其中之一，它影響別的學門，也被別的學門所影響。即使歷史試著把自身當作一種科學，其實所有的科學學門也都在不斷地重新定義自己、重新審查自己，因此歷史本身也要留意這變化的趨勢，它自己也在變化之中。因此，重點並不在於歷史學家要選擇那一條路，而是所有不同研究路徑，都屬於歷史與歷史學家的資產。

廿世紀之初，人們很樂於、也只樂於接受歷史是「過去之捲土重來」的說法。但是，過去所發生之無數的事情中，究竟是哪些事情「在歷史學家手中」捲土重來呢？當時很「古典」答案是：是那些「很特別的事件」，也就是只發生一次就消失無蹤、不可能再來一遍的獨特事件（例如 1840-1842 年發生一場鴉片戰爭）。不過社會學家可能會抗議說，這些「特別事件」也受到社會學家的關注，不該由歷史學家全部獨占吧。

關於任何一個不能重來的事件，歷史並不單單重視它的與眾不同、它的獨特或者它的新奇；更何況，其實也沒有任何事情的「本身」完完全全是獨特新奇的，若是背後沒有長期的規律與不斷的重覆，就根本襯托不出該事件的所謂新奇。一個事件，必然發生在它與其他眾

多事件所共同構成的一個家族網絡之中，所以歷史學家怎麼可能把自己的眼光，單單侷限在那個獨特的事件，而對其他的相關現象視而不見呢？因此在廿世紀之初就浮現了這麼一種質疑，認為歷史不能完全把自己封在某個單一「事件」裡，而假設當時發生了單一事件，加上後續發生的單一事件，以及接著又再發生了單一事件，這一連串的單一事件，彷彿一條直線，前後逐年串連，彼此接續成為一路前進的歷史。

　　要超越這種以事件為中心的歷史觀，就等於要求我們超越自我設限的短期時間跨距（time span），超越新聞報導一般、瞬時的時間跨距超越，同時也要超越「編年」史的眼光。這樣做，首先會面臨的挑戰是，新聞報導式短期瞬間之歷史書寫，通常可以讓我們對於該事件產生栩栩如生的鮮活感覺。但是布勞岱強調，我們應該要問一個問題，那就是在該事件之上，或之外，是不是還有一個我們可能多少意識到、也可能沒有意識到、一個不為事件的當事人所覺察到的大歷史。無論當事人在該事件中是贏家還是輸家，是他們在寫歷史沒錯，但同時也是歷史一路送他們到達這裡。

　　試圖找出事件之外、事件之上的歷史，這將無可避免促使歷史學與其他的人文學門彼此接觸。例如廿世紀前葉，法國「年鑑」學派（Annales School）成立之後，歷史學家想要（也些人甚至已經）同時成為經濟學家、社會學家、人類學家、人口學家、心理學家、地理學家或語言學家。各式腦袋的聚首，也就是各類朋友和各種感覺的交會；有這些朋友的交會與協助，歷史學家插手所有的人文學門，歷史企圖成為一門（雖然不可能）研究全人類現象之普通科學（universal science of man）。憑藉這一股初生之犢的霸氣，《年鑑》形成一個小王國，這股歷史運動從此之後可謂方興未艾。然而第二次世界大戰結束後，新的疑團又漸漸產生了，包含質問歷史的地位和歷史的實用性到底在那裡？歷史真的只（能）研究過去？而所謂的「過去」是如此不見天涯，把各個人文學門又囊括進來後的歷史更是廣大無邊，事情可有個了時？

　　有人開玩笑說，如今所有的事情都屬於歷史了，包含昨天的、以及前一分鐘的所思所想所動所活都是歷史。如此一來，無所不在的歷史即等於在研究整體的人類社會，但是歷史之所以是歷史，它的研究基礎絕對是在於

探索「時間的運動」（movement of time）。時間，無止無盡地運載著生活，同時也把生活給偷走；它點燃、也吹滅生活的火焰。（例如昨天的連環車禍可能是今日的頭條新聞，但年度大事報導中很可能就會遺漏這件事，而在百年回顧中這個事件一定消失無蹤。）歷史是時間跨距的辯證舞步，經由時間跨距的收放，歷史學研究個別的社會和整體的社會，研究過去也研究現在。善於運用「時間」，它就是我們理解現在的途徑，所以布勞岱認為時間應該是全部社會科學的共同內涵。社會科學應該致力於「共同的問題意識」，而不應在「共同的市場」中彼此較勁。時間的視野，或許可以把社會科學從「假議題」和「無用的知識」中解放出來，而邁向新的多元未來。同時歷史本身既然召集了全部的社會科學而投身於過去，歷史即是個綜合者與協調者。

不過，社會學也把自身視為綜合者，所以歷史與社會學，看似分享同一道菜。當然歷史學有它本身的傳承與訓練，但如今歷史作為最「不務正業」的學門，反而顯得它最開放與最有彈性。事實上歷史和社會學之間本來就充滿許多對應，例如經濟史與經濟社會學、思想史與知識社會學等，連我自己也不能清楚說明藝術史與藝

術社會學的差異。或許歷史學家過去真的沒有留意社會學的某些看法，但歷史家學習得很快；這只是角度切換或一時失察的問題，可沒有甚麼東西是屬於特定專業領域的「獨門絕活」。

　　歷史是多層次的。事實上歷史有無數的層次，無數的時間跨距或時序。在表面上，事件是屬於短程的時間跨距，類似一種「微觀」的歷史。再深掘下來一點，那是節奏緩慢的中時段（conjuncture），接近於物質世界的發展歷程或某種循環。最基底的歷史則是長時期（long duration）的結構歷史，它以數個世紀作為時間跨距，沿著「變與不變」的邊界一路摸索。因為長時期的歷史是相對穩定的，所以它有利於其他時程歷史研究的對比與跳脫。但是，社會學好像還沒有觸及這般的時序問題。社會學對於事件的研究，其性質是找出它當下的神經反應模式。然而，事件與事件之間不僅是相互影響的，而且事件本身也存在於某種長期規律之中，「偉人」的適時出現也只是把這些眾多因素，「因緣俱足」地組織起來而已，猶如一名指揮把整個交響樂團給組織起來一樣。中時段的趨勢也是如此，它也和其他角度的中時段趨勢同時彼此交織，社會學若無識於此，則可能難以有

成。基本上，布勞岱認為社會學與長時期歷史從來就不曾謀面。長時期是不停歇的、無窮盡的結構（或一組結構）歷史。它不是把所有資料堆疊在一起而已，長時期往往意味著某種千年不變的秩序，就算偶遇變異，它也會設法恢復「常態」。長時期是一個變化非常、非常之緩慢的旅程，是時間建築的底層，因此結構的歷史彷彿處於不受地心引力影響的無重力狀態。受年鑑學派感染的歷史學家經常試圖把這三個時段同時加以通盤觀照，好掌握到人類社會的真正全貌。任何社會都是獨特的，但它的許多建材也是古老的，可以從當下的時間來解釋這個社會，也可以從當下以外的時間來解釋它，因此社會也是時間的函數。

　　上述三種歷史時間跨距之間是相互依賴的，布勞岱刻意區分這三種時段，但也不是隨心所欲地做這樣的區分。不過，布勞岱強調我們不可能迴避歷史。當今許多針對現狀而設想出來的研究技術，都是把「現在」和「歷史」切斷，所以只能得到膚淺的觀察。除了與歷史結合，同時也運用歷史學的專業之外，不可能有所謂的社會科學（依布勞岱所認知之社會科學的義意而言），因為它不能說明一個社會現象的發展方向、速度快慢、運動升

沉，以及它如何由過去跑到現在、甚至跑進未來。布勞岱呼籲著，讓歷史學與其他學門「互鬥」是太容易的事情了，但這種爭議是很老氣的舞曲，我們現在需要的是新的旋律。

4 人的存在

　　生活裡，總有某一些時刻，我們可能會沒有理由的、暫時地陷入一種失神甚至慌張的處境，忽然之間不確定人生這條路要怎麼走下去。無論這是發生在午夜夢迴時分，還是讓你我不由得「仰視浮雲白」的某個特定時刻，這眉頭輕鎖的一瞬，總是一種「此生何樂之有」的深深喟嘆，對於「活著」這件事，不知道該說些甚麼。以哲學的角度來說，此時的我們，就沉溺在某種關於「存在」之「蒼天曷有極」的隱隱思維裡。

　　哲學看來深奧，但其實我們每個人多多少少都不陌生於這種惶惶的感覺，總覺得在個人層次之上，應該存在某種冥冥的秩序或意義，雖然這種感覺的實質內容，我們通常也說不清楚。因為抬頭有個「蒼天曷有極」，所以垂首之際的「顧此耿耿在、悠悠我心悲」，才有個可以相對看見自己的反映或對照。也因此，德國哲學家

海德格（Martin Heidegger）試圖釐清這整個存在疑團的第一步，就是針對「悠悠我心悲」而發，因為天地之間只有人才會「悠悠我心悲」，也只有人才會追問「蒼天曷有極」，因此海德格的做法，簡單地說即是不問蒼天，而問蒼生。

若說人有肉體、有靈魂，而此靈魂又與上帝接通，因此人類有能力知曉宇宙人生終極法則的一小部分，海德格認為這樣的說法未免「太理性」了。海德格這位哲學家所採取的立場，反倒像個人類學家，就人類日常生活中最平凡的意識活動，去細細內省個人的生活經驗。海德格認為，人的內涵不過就是一種「存在」，只是這種存在是無法被簡單定義的。

人是一種非常奇特的物種，人的存在，始終是一種流變，一種「只存在於世間」的無常現象；拿掉「世間」，就無所謂「存在」。正因為人存在於世間，所以和世間的種種事物，不得不發生關係。例如世間之屬於「物質」的條件當然直接影響到我們，住在赤道沙漠的人，命運不同於住在雪國的人，每天塞車趕著上下班的人，命運也不同於看天吃飯的農夫。然而在此世間環境之中，跟我們關係更密切的，則是「他人」。

　　基本上，人不能獨自生活，所以人之所以為人，我們必然要關切「他人」與我們之間的關係，而且這種關切是念茲在茲、須臾不違的，可以說我們整個的人，正被我們對他人的關切所佔領。正因為我們非常在乎與特定的他人發生的特定關係，所以這種關係，決定了我們當下的存在模式。以生命的全副熱情追求某位心上人，腦海裡盤桓著上司交代的工作，領導特定群眾追求民族或政治革命、心繫年邁雙親的身體健康，努力銷售追求業績成長，假日帶小孩到公園裡玩沙；人的存在，人的行動，莫不是因為他很在乎特定的他人、或者希望博得特定他人的在乎，而去實踐的。因此從實踐行動來看，人之存在於世間，也可以說是一種努力與追求，一種依循自己（來自關切他人）的「規劃」或願景的步步前進，而高懸在前方則是有待實現的各種「可能」。通過對特定他人的念茲在茲，力圖把自我規畫的種種可能加以實現，這樣的懸念，就為我們個別地建造了所謂「有義意」的人生。不同的人，念茲在茲於不同的他人，各自建立不同的關係；而這樣的意義關係，彷彿「磁場」一樣，把「人」的現象有跡可循地呈現於其中。不同的磁場和不同的「有意義的」人生，因此造就出不同的個人。

　　人，各自活在他的掛念與意義系統之中。不過，這樣的掛念也不僅僅是因為你我關係到他人而已。任何一個人，始終也都是「人們」的一份子，而人與人之間又是如此相互依賴並設法共同生活，所以「人們」在常識上是怎麼想的，個人難免也跟著這麼想，因此每個人的意義系統，事實上也都參與世間人們之當下流行的意義系統，參與了大眾約定俗成的既定思維模式，因為「大家」也都是這樣做啊。例如追求心上人而最終向之「求婚」，費心「理財」追求富裕的生活等，婚姻與財富都是世間人普遍視為當然的想法。

　　一方面，個人是人們的一份子；但另一方面，個人也並非被上天註定於某種既定的存在方式，他總有「自己的」潛能與「自由」，否則人不會遭遇到存在的疑團。於是兩條不同的路徑就擺在眼前了。

　　他可以選擇讓自己的意識被群眾意識給吸收，充分享受「當我們同在一起」的安適並取得生活的確定感，不去煩惱自己做為「一個人」的「責任」。人雖各有獨特的、專屬於自己的名字，但「取名」這樣的作法，卻仍是一種「匿名」的生活，任誰都一樣為自己取個名字，這可能是一種「不真誠」。或者，他可以扛起他「作為

一個人的責任」，在可能的範圍內選擇自己所要的那種可能；相對而言，這是一種「真誠」的存在，雖然百分之百的真誠也是不可能的，而且這樣的選擇其實也讓人時時「如臨深淵、如履薄冰」，而且感到格外孤獨。

此身，存在於世間，關係網絡看似熱鬧滾滾，但海德格認為我們其實是「被拋棄」到世間來的，身不由己，同時又非常無助，特別是當你偶爾想要「真誠」一下的時候。這本是一種熱鬧中帶著荒涼的弔詭情境，而且更讓人垂頭喪氣的是，無論你我選擇那一條路，這一切也都會結束；我們被拋進世間，最後也被拋進死亡，來去一樣無助。

人活著，積極關切當下的世間關係，同時仍然保持一份警覺，清醒於自己只是隨機磁場的偶然，清醒於世間對自我的壓倒性，同時也清醒於自己的不甘心，不甘心一切就此而已。但以上的說法也只是一種「抽象」分析而已，私毫不涉及「時間」的流動。如果再去正視時間，問題可能更加複雜。我們可以就「世代差異」這個概念而印證不同世代（時間）生產不同的人，人們對世間、對人生、對自己的看法都有顯著的差異。例如在台灣，不同世代的人們對於工作與休閒的看法，即顯然不

同。而且，一個人關切當下而追求未來，然而這份看似當下的關切，也可能來自他的過去。個人的過去，影響這個人的今日；但是影響這個人的過去，也可能是一種集體的過去，這就牽涉到了歷史問題。因此，當人被拋進世間之際，這個世間已經就是如今這個模樣了，各有它自己的文化、自己的語言、自己的傳統、自己的信念、甚至它自己的宗教。我們日常生活所使用的語言，其實何等重大地影響了我們看待人生、看待自己的方式啊。所以，人其實也是被拋進一整套的歷史，一整套的語言、文化、信念脈絡之中；「真誠的人」要抵抗的，也包含這些基本上無法抵抗的龐大「傳統」。人，在各自的傳統裡面養成，又要清醒於這些傳統的影響，清醒於自己是個「因時而異」的存在，沒有甚麼堅實「基礎」是永恆不變的。海德格以為這樣的人生處境，其實就是個「空」，而當一個人假若意識、警覺到自己是如此這般的「存在」，就是試圖逃脫出這樣的「空」。但逃去那裡呢？真的逃得出去嗎？

　　海德格或哲學本身都無法給予我們實質的解答。但或許，面對我們之被拋進世間，當我們願意先接受這樣

的事實，人才有可能在更高的層次上「仰視浮雲白」，
定位自己作為個人之真誠的可能。

5　公民的不服從

幾年前，台灣社會出現了以學生為主的大規模群眾抗爭活動，甚至佔領了立法院，起事者標舉自己的抗爭行動是基於「公民的不服從」（Civil Disobedience）。最近一段期間，香港也發生了大規模的群眾抗爭活動，但是香港人並沒有使用這個名詞。公民不服從這個概念的內涵，既包含了公民，也包含反抗；公民與反抗之間的關係，有時甚為複雜，連帶使得公民不服從的意義也不一定十分明確。然而，如果一個專有名詞在近代歷史上能夠被重覆運用，相對而言也似有一定的意義脈絡。本文依政治思想百科全書（The Blackwell Encyclopaedia of Political Thought,），就這個概念作個簡述。

公民的不服從通常是指，基於宗教、道德或政治理由而刻意地去違反某項法律。在最嚴格的定義下，公民的不服從意味著刻意去觸犯某些本身被認定為不義的法

律；但是這個名詞也常被認為是反對特定的政策或是企圖壓迫政府進行改革，犯法只是這種行動的副產品。

公民不服從這個名詞是美國作家梭羅（Henry D. Thoreau）在 1848 年的一篇文章裡首次被使用，說明梭羅為何長年抵制麻塞諸塞州的稅法，甚至他因為抗稅而一度被關。事實上，梭羅真正要抵制的，乃是美國政府發動對墨西哥的戰爭（當時徵稅主要為了軍事用途）以及美國南方的奴隸制度。梭羅表示，當政府的作為不符合正義時，單靠投票是不夠的，必要時人民要以行動來反抗不義。同時，也正因為服從法律向來是西方政治哲學非常強調的公民義務，所以梭羅特別提出公民的不服從這個概念，來和公民服從法律的傳統義務互別苗頭。

公民不服從的理論與實踐，大約再一個世紀之後，才在印度聖雄甘地（M. Gandhi）的手上才變得更加完整而精細。甘地畢生致力於推動非暴力的抗爭，最有名的例子是 1932 年甘地率領群眾遊行 400 公里，並佔據了海岸的鹽場，抗議英國人禁止印度人製鹽的公賣政策。不是單純的反對法律，甘地堅決主張，公民的不服從反而是出於對法律的深刻尊重，所以反抗行動必須是非暴力的，而且必須是公開的，以公開的違法來顯示反抗者自

願接受法律的全部懲罰。但是，由於公民的不服從是如此嚴肅，所以一定要在一切的溝通、說服或陳情，都失敗之後，才能付諸實施。相對而言，梭羅的立場反而較為接近極端的個人主義（甚至是無政府主義），「反抗」的調性也較為突出。甘地強調抗爭的非暴力性，以及公民不服從本身也須背負法律義務，同時也強調其他合乎憲政之政治行動必須走在抗爭的前面，所以我們今日對於公民不服從的討論，基本上是以甘地的理念為基礎。換言之，公民不服從所反抗的法律，必須是憲政體制所產生的法律，在法律沒有改變之前，抗爭行動接受該法律的處罰，乃是出於對憲政體制之程序的高度尊重。

公民不服從的辯護基礎，往往是落在特定政策及其法律之外，例如憲法、道德、人權或國際法。1955 年美國南方爆發激烈的公民權抗議活動，也是訴諸美國憲法，而刻意觸犯在地的種族隔離法律。

公民不服從論述的進一步發展，主張當我們遭遇人類生活上的緊急危難，常態的民主或選舉程序是來不及因應的，這是英國哲學家（B. Russell）主張以公民不服從來反抗核子武器的說法。

　　公民不服從運動的核心疑問是，運動的本旨，究竟是一種「說服他人」還是一種「強迫他人」。如果反抗者的目標是企圖使他們的反對行動更加戲劇化，並且顯示他們願意為了某個理念而受苦，這樣的力量可能會改變原本對手的決定，或者吸引更多其他國人的認同，這乃是公民不服從的說服式運用。說服式運用可能會使立場衝突的雙方願意相互妥協而收場，但也可能激化進一步的衝突。但是，如果公民不服從運動致力於一己目標的完全實現，或者要求實施不太可能實施的政策，此時抗議者就等於直接對政府施加壓力，並且積極放大抗爭力道，尋求得致當下的勝利。然而在實務上，這兩種版本（說服、追求直接效果）的界線是不明顯的，要看運動者的策略規劃，以及要看究竟有多少人願意被動員進來。例如當和平運動者故意穿越美軍基地並且期望自己遭到逮捕，其目標就是顯現自己對於特定軍事目的之反對立場，但是發動群眾包圍基地並阻止美軍機構的實際運作，那就是另一種型態。

　　公民不服從，它的性質介於憲法賦予的政治行動權（例如遊行示威）與暴亂（甚至革命）之間。公民不服從的行動看似極端，但在某些方面也是很容易被大眾接

受，如果它是說服式的，而且維持非暴力與公開原則的話。但是公民不服從也可能導致更全面的反抗運動，甚至誘發暴力抗爭。針對獨裁政權、外國勢力入侵或政府本身深刻的不義，全面強烈抗爭是可能被接受的；但是當發生在某些涉及公民權利、或者政府可能被民意（或選票）影響而改變其政策的政權上時，全面抗爭反而會引起反感。但是這裡又牽涉到另一個問題，那就是對於支持或反對某個公民不服從運動的人們而言，政府對於公民的反抗權利應該要尊重到何種程度，或者政府應該民主到何種程度才算「真」民主，看法一定相左。

　　公民不服從自 1950 年代開始在西方社會更加常見，但是仍然有許多人懷疑違法的抗爭是否站得住腳，畢竟其他合法的施壓方式仍然可以採用；他們恐懼違法抗爭之行動一旦成為一種流行，反而形成一種暗中實質顛覆民主程序的政治氣候。關於公民不服從的性質終究為何，這恐是一場難有結論的爭議。

6　知識分子

　　「先天下之憂而憂，後天下之樂而樂」這句話，堅毅地道出中國傳統知識份子的強大使命感，必要時，甚至也可以轉化為獻身革命的熱血情操。相對而言，西方人談論到知識份子之時，可能就缺少了這麼一份激昂之情，或強烈的道德情緒，但也絕非意味著西方社會對於知識份子並沒有特殊的期待。曼海姆（Karl Mannheim）在其所著之《意識形態與烏托邦》（Ideology and Utopia）書中，描述著西方文明之下所謂知識分子的某種標準，與我們熟知的知識份子頗不相同，然也別具意義，值得我們對照。

　　曼海姆認為，任何「某一個」觀點，它的內涵都是有限的，正如它的英文表達形式是 *"a point"* of view；唯有充份警覺到這一點，我們才算真正踏上理性之路，漸漸走向更全面的知識。同樣地，所謂思想，它其實也

是一種運思的過程，而這個過程乃是被真真實實的社會力量所決定，這社會力量即可視為「思想的結構」；能夠深入反省思想自身的結構，這絕不意味著知識的破產，反而是知識的新生。

針對社會，某些看似全面涵蓋之整體認識，例如認為某個社會是「移民社會」等，這樣的認識，並非來自社會中各個不同黨派觀點的算術平均，因為這種算術平均是虛假的，至少意義不大。相反的，若要追求一種帶有綜合性質的整體性（wholeness），而這種追求又不致淪為虛幻空言的話，它就必須同時敏銳地察覺到社會的變動。這個任務，似乎不是左右逢源的「中間黨派」做得來的。只有那些不算太過捲入黨派立場，或者相對而言無黨無派（classless）的一群人，才可能做得到；這種相對而言無黨無派的、沒有港口可以落錨（unanchored）的，就是一群在社會中無所依附（unattached）的知識份子。

形形色色、高度分化的知識份子，很難被視為一個獨立的黨派或一個階級，但是他們之間存在著共通的連帶，以其非常特殊的方式把知識份子串在一起，而這種連帶，就是教育。個別的知識份子參與了教育或學術的

大傳承，這種共同的大傳承，日益進步地超越了身份、地位、專業的差別和財富，而把每一個接受過這種教育訓練的人給結合起來。這種結合，創造出某種共同的舞台，而在其中又保存了多元競爭。這些真正受過教育的，從其傳承中學習致知的人們所關心的，是知識本身的視野（intellectual horizon）。其他無緣通過學術教育而追求整體性的人們，則只能直接參與到特定黨派之中，吸收該黨派的世界觀，完全受制於他當下社會處境或陣營的影響而行動。

現代生活的重大特徵之一，就在於知識活動不再侷限於神職人員。神職人員的知識是封閉的，也是「最終的」真理；然而現代知識份子的來源，非但不限於單一階層，而是來自社會各個階層、同時也不依附於任何階層，即便有黨派背景，也不依附於黨派。知識份子存在於各階層、各黨派的夾縫之間，而自身又不構成獨立的階層或黨派。這並不是說知識份子乃是一種不沾染任何社會利益的真空現象，相反地，由於社會生活原本就瀰漫著各種利益，所以來自各界的知識份子本身，自然也吸納了各種社會利益。但是，由於知識份子的「無所依附」，他們的腦子充滿縝密的思考，因此他們是「不可

靠」（instable）的，因此各黨派對於知識份子其實也沒有甚麼好感，特別是在那些要求每一個人必須明確表態的激進黨派眼中，知識份子更是「個性不鮮明」（characterlessness）。

知識份子漂泊在各黨派之間，上搆不著天、下踏不著地。若要脫離這樣的尷尬困境，基本上知識份子只有兩條路可走。第一，他們自願參與某個黨派，同時也因而加入黨派之間的敵對狀態。第二，堅持正視自己追求整體知識之興趣、使命，與宿命。

事實上，在各個陣營之中，都可以發現知識份子的身影，而且是這些知識份子滋養出該黨派的理論基礎，把利益之爭拉抬到理念之爭，這就是各黨派需要知識份子的地方。無所依附的知識份子，把自己依附給本不相屬的特定陣營，這本來就是知識份子獨有的能耐，因為是他們才有本事能讓自己「調適」於任何一種觀點。所以知識份子，而且也僅限於知識份子，其實是站在一個可以自由選擇的特殊位置上，不像其他人一開始就活在黨派見識的邊界之內，終其一生都不能脫去該黨派的樣貌。不過，知識份子自願參加特定黨派而加入鬥爭行列之時，卻又不能免除該黨派之原始成員，或核心幹部對

知識份子的不信任。若干加入黨派的知識份子，表現得比原始成員更加激進或更加熱情澎湃，就是企圖彌補他們遭到「充份整合不足」的質疑（the lack of a more fundamental integration into a class）。殊不知，知識份子之所以遭到「不夠篤信」（lack of conviction）的懷疑，是不無道理的，正是因為知識份子原來的位置所要求於他們的，首先正是對於知識本身的信念。然而，也由於知識份子這種在社會中「無家可歸」（homelessness）的處境，使得知識份子非常容易感到挫敗。不斷尋求黨派的認同，卻也不斷遭到黨派質疑，這正好突顯知識份子作為單獨一種族類之意義與價值。因此，回過頭來正視自己的社會位置與其使命，這是知識份子跳脫困境的第二條路。

現代社會還有一個特徵，那就是各個陣營之「自我意識」的漸漸覺醒，例如工人階級所強調的階級意識，民族政黨的民族意識等。同樣循著這樣的發展趨勢，知識份子本身也漸漸有了自我意識，雖然它仍不是什麼固定的階級或黨派。以「知識份子之自覺」這般的態度來面對政治，這裡自有專屬於知識份子的長遠傳統，和知識份子其加入黨派的傳統一樣久遠。

　　當知識份子一旦加入了黨派，他當然還是有可能探索更全面、更整體的認識。但當今的情勢，各黨派越來越嚴格地區分彼此，同時又必須各自從群眾之中號召支援，在這種「敵我分別與群眾動員」的競爭規格下，黨派中的知識份子還有可能進行獨立的政治行動嗎？知識份子探索更全面的整體知識，這對黨派而言是資產還是負債？因此對於社會（而非黨派）而言，最重要的是讓整體的認識成為可能，因而知識份子的角色，就反倒像是眾人皆睡之漆黑夜晚裡的守望者了。唯有「真正能夠有所選擇」的知識份子，才會有興趣去探索社會結構及政治結構的全面狀況，因此就算在學校裡教書，當老師人也應該審慎表達他自己的看法，從個別的觀點發展到更整體的觀點，而非「堅守」（firmly established）原有的黨派立場。

　　知識份子欲有自己的定見，這只有在自由選擇的處境下才有可能（only under conditions of freedom based on the possibility of choice），而這般的自由選擇才促使知識分子可以今日之我挑戰昨日之我。同時，也正因為相對無所依附的知識份子這個「階層」是對所有陣營、所有黨派開放的，所以它才具有不同思想之間相互理解、

相互詮釋（mutual interpretation and understanding）的可能。也只有在這樣的情形下，那對於社會、政治之不斷更新、不斷充實之整體的綜合認識，才有日漸東昇的機會。

7　使命與宿命

　　人，活到一定歲數之後，面對著某些無可奈何的事情，例如當遇見一位特別心動的人，卻明白兩個人永遠不可能在一起時，耳邊可能會輕輕浮現出一絲聲音，「唉，命啊」。把不能改變的，訴諸於天命或宿命，這也不失為一種自我解釋，心裡總算有個台階可下。然而，命又是甚麼呢？我們多半熟悉中國傳統的命理，但西方社會在理解所謂的命時，則也有它的一片風光，例如波蘭社會學家鮑曼（Z. Bauman）所著之《生活的藝術》（The Art of Life），就曾針對「使命與宿命」作一番辨別與分析。

　　鮑曼很重視德國哲學家謝勒（Max Scheler）的說法，謝勒認為，知識或意志都不足以說明某個人何以是這麼樣的一個人，人的「心」才是一個人的本質。而心的特徵，就是它總在好、惡之間作選擇；「人心自有其邏輯」

（The heart has *its* reasons），一件事情該怎麼做，「心」會有它自己的理由，再怎麼理性而嚴謹的滔滔論辯，也無法「說服」一顆心、改變它已經做出的決定。

依它自己的理由而看望這個世間，心，首先看見的是價值（values）。價值永遠走在事實之先，而價值與「事實如此」之間，是無法彼此對話的；例如，妳要如何跟另一個人爭辯怎樣才算是「有品味」呢？品味不屬於事實，它是個價值抉擇，但價值本身也永遠沒有圓滿登頂的一天。基於價值而產生的種種愛欲，它們追求的其實是一種「尚未實現的未來」；這樣的未來，永遠是一種遠在天邊、其實是不可能達到的、甚至連長什麼樣子都不確定的曖昧境界。

一個人，其實就是他的心。謝勒認為如果我們觀察一個人，一件又一件的事情發生在他身上，乍看之下好像都很偶然，甚至很意外。但是如果我們看的是他整個的一生，把這些個別事件給聯繫起來，就當作這些個別事件是「某個整體的一部分」來看，我們會發現這些事件，恰恰可能反映出這個人的核心關懷。這些牽涉到核心關懷的訊息，清楚地呈現出個人專屬的「人格」（character）。

　　一個人的使命（destiny），不同於他的宿命（fate）。使命與宿命都帶有某些「命中註定」的意味，但是宿命並不是源出於一個人的作為，它彷彿是立於個人之上的某種力量，運作著、塑造著這個人的一生。然而使命的意思卻是你、我和我們之中的每一個人，個別地、或集體地，塑造我們的一生。如果我們用盡氣力不停地塑造、再塑造我們的人生使命，一旦到最後氣力用盡，那就是我們的宿命了。

　　宿命是從不過問當事人（impersonal）的一種力量，我們只是在惘惘宿命的面前，努力張羅我們的個人使命而已。基於使命而做出抉擇，並不是說我們的特定抉擇對於偶後的人生路徑毫無影響，而是說，在抉擇的當下，我們確實也試著對自己的人生造就一定的影響，但是它的影響究竟是什麼，我們其實無法（充分）知悉。換句話說，我們要讓自己的人生有意義，無論我們選擇做某一件事情，或者選擇不去做某些事情，我們的人生都會有些不一樣，這一點絕對是不變的。

　　可是，究竟是那些事情真的會不一樣？我們頂多只能努力試著預先瞭解這麼做將可能會造成甚麼樣的不同後果；但奇妙的是，我們一定會盡最大的努力去瞭解

嗎？那也不見得。究竟是什麼因素讓我們其實不是「那麼」盡力呢？

追求未來的快樂，是要付出代價的，例如若要實現一趟很棒的旅行，現在可能就要努力工作存錢。代價，有時往往意味著某種妥協；但也有的時候，這種代價，反而是一種不求回報、只問付出的一種自我犧牲。一如佛洛姆（E. Fromm）所說「基本上，愛是給予，而不是收取。」如果勇於去愛（to love）就是讓自己「加入其所愛」（無論所愛是指某一個人、某個群體或某個理想），即是為了所愛而做好放棄自己的準備，讓自己的快樂，只是「所愛之快樂」的反映，與其附帶的作用而已。如此一來，基於愛的要求，也就是勇於去愛的使命，我們就讓自己的使命「成為宿命的人質」；同時，也因為愛，我們也試著把宿命變成為我們自己的使命。

今日世界中，我們對於愛，會這麼既渴望又懼怕，原因就在於缺乏愛的使命。無條件的愛、永恆的承諾，如今已經不再受到大眾的歡迎。但是也唯有愛，唯有自我之放棄與永恆的承諾，才能創造出一個使命與宿命得以辯證共舞的空間。如果兩個人各自堅持彼此都是平等而自由的，那愛要如何滋長？更甚至，如果「重點在

我」，而妳只是我的幫手；如果不是妳，天下仍會有其他的「妳」，則愛情（或任何伴侶之情）恐怕已變質為市場中的自由契約。

當「犧牲」已經退出我們的文化，一切皆以自我為中心，為所愛而犧牲之行動背後的義務感，就會變得淡然。這並不是說我們已經完全失去道德感或者對他人的苦難無動於衷，而是，以法國哲學家 Lipovetsky 的說法，這般的道德感充其量也只是一種「無痛」道德（painless morality），無論內心的感受如何真誠，它就是缺少了自我犧牲的「痛苦」。例如一個人對於環境保護或所謂綠色地球之理想非常熱衷，但他自己卻也不會因此而決定過著某種較為制慾的生活，也不會些許減少他的消費習性，甚至（因為環境保護而造成）生活中微小的不便，他也不情願接受。愛，是一種道德使命；當道德僅僅只是個人的「心理現象」，而缺乏自我犧牲的行動使命，則最後只能剩下個人的自戀而已。

8 政治權威

　　活在人間，就算遠走偏鄉，搬到遙遠的西藏高原或阿拉斯加，繳稅的通知一樣會找上你。原則上，就算警察或稅務人員沒有特別拜訪你，我們大多數還是乖乖納稅，因為稅的靠山就是政府。活在人間，簡直無法脫離政府的影子，所以連莊子也搖頭說「無所逃於天地之間」。政府的運作與政策的施行，不可能靠警察或公務員來「人盯人」，那般的政府其實已經快崩潰了。因此，政府的必須是「不怒而威」，依靠著一份政治權威，來取得人民的自動配合。政治學家杜伊奇（Karl Deutsch）在其所著之《政治與政府》（Politics and Government）中，對於政治權威的面貌有著簡要的速寫。杜伊奇本身是個來自布拉格的移民，同時也是聯合國相關文獻的擬稿人之一，在其一生同時見證過許多不同的國家與政

府，因此對於一般人民對於政府的心理作用，也格外敏感。

　　杜伊奇首先強調，當我們討論到「政治權威」時，必須先釐清「權威」（authority）與「權力」（power）是不一樣的概念。權力牽涉到某種強制力量的施壓（例如槍桿子的威脅或法律的制裁）而逼迫我們就範，但權威則是與政治的「領導」息息相關，畢竟一切活動若皆奉命行事而已，就根本談不上任何領導。不同的政治領袖具有不同的領導風格，因此政治權威的表現，在不同時期也呈現不同的樣貌。

　　然而，若把眼光放大來看，也就是，暫不鎖定特定領導人的特定風格的話，我們可以察覺到政治權威的基礎，始終是建立在該國家的文化之上。不同的國家，或者同一國家在不同的時代，政治權威的基礎可能來自特定身分（例如傳統政治世家）、政策成就（例如戰爭英雄）、個人魅力（例如選舉明星）、法規制度（例如政治儀式）等等，沒有一定的公式可言。什麼樣的文化狀態，使我們容易接受（或否定）什麼樣的權威，其間的關聯性永遠在動態演變中。

　　無論政治權威的內涵如何演替，其實它仍然具有一個共通的特徵，權威始終代表著「訊息來源的可信」。這意思是說，訊息的「本身」被深信不疑，而不論訊息的「內容」為何。就這樣的角度來看，權威就是「說話者」和「傾聽者」之間，存在某種溝通上的特殊關係。對此，杜伊奇的同事也曾若有所思地表示，就算證據不夠充分，大家也會選擇相信「權威學者」的發言，因此一個學者的權威到底有「多大」，可以換算成他耽誤學術進步的時間有「多久」。

　　在政界（其實軍中的情形更明顯），人們多半會更留意於特定訊息「是誰說的」，它的重要性可能超過「說了甚麼」。特定政治領導人的政見或承諾，會這麼容易就得到大家的呼應；這種信任的態度，說穿了其實也蠻省事的，大家不用多花時間、精力去思考或追究事情究竟是不是這樣。這樣的放心與信任，可以為大家帶來一絲幸福感，但也可能導致大災難。

　　可是，「方便省事」也不是唯一的理由讓大家願意輕意信任權威的聲音；更深層的動機，可能還來自一種情感的因素。我們從小就學習要服從父母的權威，當父母告訴我們插座是危險的，我們也從來不敢親自「測試」

看看；這麼樣，我們就能夠繼續得到父母的鐘愛。因為
我們深愛我們的父母，所以我們的服從，就等於表現出
我們的對父母的愛，而父母也是這麼期待我們的。後來，
當我們面對老師和政治領袖時，我們的心態多多少少也
是如此，同時老師和政治人物也是如此期待我們的。

　　換言之，權威與其說是「權威者」本身的特質，倒
不如說它是一個人在面對權威者時，他所內化的了一種
服從的態度。這與立論說理的內容無關，因為它是一種
情感的狀態；處在這種情感的狀態下，而真的要去違抗
自己信服之權威者的命令，個人反而會感受到一種精神
上的矛盾與衝擊，甚至於會產生某種「罪惡感」。如果
一個人在精神上或肉體上都不會感到痛苦，這樣的生活
多麼簡單、多麼幸福啊；然而這種能夠感受到矛盾與衝
擊的痛苦心情，其實反倒是一個人的警告機制，假設完
全拿掉這樣的警告機制，我們可能手捧熱湯而不能知覺
到自己的手指其實已經被燙傷。

　　任何一個人的內心，都難以免除某種權威的存在，
但是對於權威也不能盲目的、毫無條件的接受。美國的
小朋友在六歲的時候就會被教導以「良心」的概念，這
是有理由的，正因為良心可能成為權威的一種批判。凡

是正當的權威，都必須和「我個人」的價值觀，以及我所珍惜的社會的價值觀相容。而權威者的承諾有虛有實，我們也有責任去「測試」它，以確保我們不至於被虛假的權威牽著鼻子走，無論這種權威是如何行之有年或如何最近爆紅。

　　所謂對權威加以測試，基本上就是冷靜觀察它的「實際表現」。政治體系的運作不能沒有權威，但權威既是政治體系的產品，同時也是它繼續運作下去的先決條件；政治體系過去的實際表現決定了它此刻的權威，而此刻的權威又會影響它未來的表現。當政治體系與其支持者之間的權威關係（也就是所謂的忠誠）發生改變，政治體系的操作能力必將會遭到減損，更不利於它在未來的表現。總而言之，訊息來源的可信，雖然仍是政治權威的基礎，但更重視訊息內容與訊息的實際後果，則更有利於建立一個更健康的權威關係。

9　李小龍

　　非常、非常可惜，李小龍在國人心目中的形象，只是一個聰明而有魅力的武打明星而已。事實上，李小龍在大學念的是哲學，他的聰明絕對不限於武術本身。本文整理自《衝擊人心的思想：李小龍日常生活的智慧》（Striking Thoughts – Brice Lee's Wisdom for Daily Living）一書，這本書紀錄著李小龍對於許多事情的、來自他自己的一些想法，一如李小龍的武術也是來自他自己。

　　「自我實現」（self-actualization）當然是一件很重要的事情，但我個人想要向大家強調的是，我希望人們所追求的真是自我實現，而不是「自我形象」（self-image）的實現。

　　人存在之目的，是行動，而不是思想。只有付諸行動的人才學得到東西。

　　「有所作為」可賦予生命力量，「有所不為」可賦予生命魅力。

　　不要因為擔心死亡而忽略了生活。我不知道死亡的意義何在，但我並不害怕死亡，我只是一步一步不停地往前走而已。即便我李小龍有一天死了，卻還來不及實現我全部的夢想，我也了無遺憾，因為我做過我想要做的事情，而我所做的，都是很認真的、竭盡我全部能力去做。對於人生，我們不能期待更多了。

　　驕傲，它強調一個人在其他人眼中的優越地位。然而驕傲之中，卻隱藏著恐懼和不確定，因為當你企圖搏得高度肯定，或者已經達到了這樣的地位，你將自動地陷入失去這種地位的恐懼中。確保這樣的地位，頓時成為你最重要的需求，此後它就會為你帶來無盡的焦慮。

　　瞭解你的恐懼，這才是你真正張開眼睛的開始。

　　促進健康的方法，必須以水為基礎，因為流水不腐。

　　婚姻是一種友誼，是基於日常的、每一天的瑣事之上的一種伴侶關係。

　　來自平凡生活的快樂持續最久，就像緩慢而徐徐燃燒的煤炭。

　　最困難的事情有三件：保守秘密，忘記傷痛，以及善用閒暇。

　　請避免在功夫上的相互較量，因為它總是「以武會友」開場，以樹敵忿恨收場。

　　比武的時候，最大的錯誤就是先料想結果的輸贏。

　　我從我父親的用錢哲學中獲益良深，他總是告誡我說，如果你今年賺了十塊錢，你要告訴你自己明年只能賺五塊錢。好日子不會永遠持續，要有所準備。

　　沒有其他的事情，會比某種尋求建議的方式更不真誠。這樣的詢問者，看似尊重朋友的意見，但尋求建議之唯一目的，其實只是要讓對方贊成自己的意見，而（萬一搞砸了）後果則由朋友負責。

　　當一個人不瞭解他自己，這就將是他人生最糟糕的時刻。我剛到美國時，在 1965 年演出「青蜂俠」系列。從片廠望過去，老天啊，到處都是人；但是當我看看我自己，我則是片廠裡唯一的機器人。當時的我，只想累

積更多外在的安全感，所以我不是做我自己，而是重視外在的技巧，好比手臂如何運用、身體要如何移動，卻從來沒有問自己說，如果這些狀況加諸在我身上時，我李小龍，我自己會怎麼做。

素養的最高境界，就是簡單。半調子的素養，最後只不過是一種裝飾。

真理就在問題之中。當我們審視問題，就能找到真理，因為問題和答案並不彼此分離，問題就是答案；所以，要解決問題必先瞭解問題。

一個人越是喋喋不休，就越快枯竭。

陰陽，絕不是「陰和陽」，你不能使用「和」這個字，因為陰陽不是兩件事情，而是相聯過程的兩極，一如腳踏車踏板的踩放過程。為什麼我們要這麼來思考呢？想像我們試著推動一隻大象，這多麼不自然啊；我們必須遵循自然的規律，一如遵循踏板的上下，否則我們哪裡也去不成。

內心的抗拒無法解決問題。無論你喜歡與否，外在環境就這麼樣施加於我們身上；作為一名誠摯的武者，

我一開始就試著對抗環境。不久之後我發覺到，我並不需要那種內心的抗拒和衝撞，如果那將分散我的力量的話；相反地，我集中力量去調整自己，並做出最好的自己。

世間無所謂「成熟」，只有「不斷成熟中」。因為成熟即意味著總結與中止，意味著結束；結束，應該是在棺木封釘的那一刻。

10　老人、身體與面具

　　台灣已步入高齡社會。高齡社會雖然是個「比例」概念，也就是年過 65 歲的人們佔總人口數之百分比問題，但它至少也說明老人本身的總數，應該是居高不下的。老人的身體特徵，即是老化；然而我們的社會則經常以年輕活力作為標竿，老化的身體處於這樣的文化中，自然而然地容易被對比成「魯蛇」。社會學家席林（C. Shilling）在其所著之《身體與社會理論》（The Body & Social Theory），即從身體的角度描述了（老）「人」在當前社會中的處境，從身體的角度提出他的觀察。

　　在社會學中，「身體」（body）並不屬於生物定義，而是一種社會定義。例如，我們對於「年輕人」與「老年人」的身體，就有不同看法與評價，而這樣的評價難免不受到社會主流文化的左右。當今社會重視「消費」，

而「消費社會」又把商品的選擇當作自我風格的展示；一旦把自我風格的展示視為生活時尚，則年輕、苗條、性感的身體將得到最高榮譽的桂冠，對於老化衰敗的身體根本不屑一顧。2009 年有一部電影《愛找麻煩》（It's complicated）播出老牌影星梅莉史翠普等中老年演員的性愛劇情，這樣的主題表現在影劇圈非常罕見，竟然也引起一些爭議，彷彿中老年人的性愛是一種「不正當」的劇情及票房毒藥。在這般強調年輕活力為主流的社會中，老人也企圖「美麗、帥氣地老化」，這就需要依靠風格、自信與活力來撐出場面，這即意謂著中老年人需要依靠化妝品、不停地運動及整型手術來對抗地心引力，讓自己「看起來」永遠年輕。

其實西方社會在十九世紀的時候，外表的積極裝扮已經是一個人社會地位的象徵，而今外表則再從社會地位轉變成自我個性的展示平台。正因為身體被普遍認為是一個人內在自我的外顯呈現，所以，身體是那樣，你這個人就是那樣。當代人們每天都在體會著兩種心理感受，一種感受是人人極力要「成為他們的身體的那個樣子」（becoming their bodies），另一相對的感受則是焦慮，二者的關係如同光影並存。焦慮的來源非常清楚，

那就是擔心自己的身體目前呈現出來的那種樣貌，有一天、或者可能很快地，就將會再也撐不起來，屆時一切就玩完了。這種身體的焦慮，說穿了就是對老化之深感恐懼。

以社會階級的角度來分析，人們對於身體的態度也隨之產生差異，雖然基本上不論任何階級的人們都被迫越來越重視身體。相對來看，工人階級更有心理準備接受身體的老化，以及身體老化之後導致收入與生活品質的下降，而中產階級對於身體老化的焦慮反倒特別強烈，他們敏感於來自年輕一輩的快速追趕，對於未來的事業前途的不確定性，也隨著年齡增長而遞增。因此，中產階級的人們更在意於節食，更努力於健身以及外表的精心打理，因為這將使他們看起來跟年輕人一樣充滿活力。然而，對更高級的領導階層而言，由於他們已經坐穩優勢的位置，雍容華貴或財富氣派就足可掩飾、或轉移世人對其年齡的注意，甚至他（她）臉上的皺紋本身，也成為崇高地位的一種標記，因此在態度上對於身體的焦慮就要比中產階級更鬆放一些。

從老人自身的經驗來看，那又是另一個世界，老化的身體猶如一張「強迫戴上的面具」（oppressive

mask）；明明覺得內在跳動的一顆心還是很熾熱，但照鏡子之際，自己卻彷彿橫遭綁架，強迫你上戴一張滿頭白髮、滿臉皺紋的面具，把你壓制在輪椅上，而推上空曠無人的舞台。然而，就在年齡面具的後面，我還是我啊；我的想法、我的個性，跟年輕時候的我並沒有不同啊！穿戴上老年的身體面具，你就是老人，同時在消費社會中的價值也開始貶值，身體面具形同某種屈辱的烙印。當外在與內在之間拉開了距離，甚至產生了緊張，這使得老人在選擇他的外表（服裝風格、配飾等）以及推測他「看起來」如何時，心境難免感受到某種複雜，以及隱隱的為難。

　　身體的面具化，可能表現在種族、性別、世代、年齡等各方面，而由社會的主流文化決定何種面具得到獎賞而何種面具將被烙印。在美國社會中，由於黑人運動員的優異表現，「黑皮」面具的負面烙印才有了些許改觀。但是，如果在這麼一個社會中，當一個「人」的價值等同於他的「身體」，而他的身體等同於他的「外表」，那麼我們除了拼命在外在方面下工夫修補之外，好像也沒有太多的選擇。

11 德國法西斯的興起

廿世紀初，德國的納粹黨頗具神祕色彩，它漸漸興起於德國社會，慢慢形成一股法西斯主義（fascism）風潮，最後導致二次世界大戰的爆發，造成兩億人以上的傷亡。然而，在法西斯主義興起之初，它卻受到大多數德國人民強烈的歡迎。

理論上，法西斯主義左手反對馬克思主義的無產階級革命、右手反對自由主義民主的個人主義精神，試圖把社會中不同階級的人們，放在一個和諧的「民族」給整合起來，所以它也具有強烈的民族主義色彩。德國法西斯主義，自有促成其萌芽成長的歷史與社會因素。然而本篇文字，純粹簡述法西斯意識形態落實到取得政權，這過程中的政治操作。

1918 年第一次世界大戰結束，德國的皇帝制度遭到推翻，國體改為共和，粗具今日所謂民主政治的政府模

式。隔年德國通過著名的《威瑪憲法》，確認德國政體為內閣制，並開始進行國會大選。這時候的德國小黨林立，內閣（聯合政府）的權力只能建立在幾個政黨的妥協聯手之上，非但政策無法連貫，而且每一個政府無時不處於風雨飄搖之中，一旦某個小黨退出執政聯盟而使之無法構成國會席次的多數，就必須進行改選。從 1919 年到 1933 年希特勒（A. Hitler）擔任內閣總理為止，十四年之間德國更替了廿一個內閣，平均壽命不過八個月，政府的權威非常薄弱。

政府不時遭到推翻，但是德國的政黨卻活力旺盛。希特勒領軍的納粹黨（正式名稱應為國家社會主義德意志工人黨，簡稱國社黨）在 1923 年於舉行盛大的全國黨員大會，不久之後集結群眾向柏林「進軍」（仿效義大利墨索里尼帶領群眾向羅馬進軍而襲奪政權），另組「國民政府」企圖將當時的政權取而代之。但這次類似「奪權」的行動失敗，希特勒因此入獄。不過，此時的希特勒已經成為全德國最知名的人物，仰慕者日漸增加，其中甚至包含獄警和法官。他的著作《我的奮鬥》，一時洛陽紙貴。

　　一年之後，希特勒出獄時，他決定放棄街頭路線，改採「體制內」的議會路線來獲取政權。然而，雖然口頭宣稱放棄以武力革命的方式奪取政權，但此時的納粹黨本身已擁有自己的武裝組織「挺進隊」（希特勒為「司令官」）；這個作法並非納粹黨的專利，當時其他政黨也一樣，例如國民黨有「鋼盔團」、共產黨有「赤色先鋒隊」、民主黨有「國旗軍」等，形成一種非常奇異的政治現象。於此同時，國會之內由於政黨惡鬥而導致法律難產，國會之外各政黨又以武力妨礙國家權力的落實，許多重要的國政不得不以繞過國會之「緊急命令」的方式來推行；1932 年德國內閣發布的緊急命令就高達59 件，而當年國會能夠通過的法律卻只有五件，法律和議會政治其實已名存實亡。

　　納粹黨非常善於組織，它利用許多外圍組織（青年組織、專業組織、文化組織等），在社會各角落強化納粹黨的影響力。執政之後，納粹黨更加強在藝術宣傳（包含文學、音樂、媒體、攝影、電影等）方面的感染作用，因此納粹的宣傳機器（在戈培爾主持下）一直是非常出色的。事實上，希特勒即其納粹黨一直是現代政

治宣傳技術的鼻祖，也是許多民或非民主政黨偷偷模仿的對象。

　　隨著選舉，納粹黨在國會的勢力漸漸強大。1933希特勒成為德國總理，但納粹黨此時因為選舉失利，而非國會第一大黨。希特勒總理要求解散國會，重新進行國會大選以圖翻轉局面；不料重新舉行投票之前，德國的國會大樓突然遭人縱火而全部焚毀，希特勒總理強烈認定這是共產黨（此時也納粹黨的主要政敵）放的火，於是納粹黨的「挺進隊」立刻衝擊共產黨各地黨部，共產黨國會議員一百人也被逮捕；同時，內閣此時再度發布「緊急命令」，禁止其他社會主義政黨（包含共產黨）的集會活動，並查封他們的報紙。就在這樣的威嚇氣氛下，這次的國會大選只有納粹黨及其「友黨」敢明目張膽地「競選」，結果當然是由納粹黨大獲全勝，成為國會第一大黨且席次過半，希特勒的權力地位更加鞏固。

　　掌握國會的納粹黨，立刻通過國會的立法程序而制定「授權法」，授權內閣也可以制定法律，形同國會的立法權力移轉給內閣。此外，授權法也許可內閣的法律可以牴觸憲法。接著，希特勒下令解散其他政黨（除了納粹黨）的黨武裝力量。短短五個月之內，各政黨不堪

納粹黨的威逼，紛紛自行宣告解散，最後一步則是內閣直接以命令宣告納粹黨以外的所有政黨皆屬違法。納粹黨不僅成為德國唯一「合法」的政黨，而且黨的地位極為特殊，它是這個國家之「德意識」（German idea of state）的承擔者，位階和權力都在「政府」之上。

　　隔年 1934 年，幾近虛位元首的德國總統興登堡病危，希特勒即著手制定新的法律，第一條直接宣布：「內閣總理兼任總統，改稱為國家領袖。總統職權由國家領袖希特勒行使，希特勒得指定其代理人」；第二條：「本法律於興登堡總統逝世時，發生效力。」果然，興登堡總統於法律公布的當天逝世。但是由於此案非同小可，希特勒強調必須交給德國人民進行公民投票來做最後決定，由全體德國公民共同畫押德國的未來。公民投票實施下，德國公民的投票率高達百分之九五點七，投票者百分之八九點九成表示同意。至此「人民」大獲全勝，《威瑪憲法》猶在，但已毫無意義。

12 齊克果的人生哲學

　　齊克果（S. Kierkegaard）是丹麥的哲學家，也被歸類於存在主義思想家之列。存在主義（existentialism）是一股源自 19 世紀的哲學思潮，影響力一直延續到廿世紀中葉以後。存在主義認為人的存在，其意義無法經由理性思考而得到答案，反而強調應以個人、獨立自主和主觀經驗來面對人生，尼采和齊克果可被看作存在主義先驅。本文整理自 W. Barrett 所著《非理性的人：存在哲學研究》，但書名「非理性的人」原文是 Irrational Man，irrational 意思是理性範圍「之外」，未必是「反理性」或日常用語中的「不理性」。

　　齊克果把人的存在，在意義上刻意區分為三個層次：感受的（aesthetic）、倫理的（ethical）和宗教的（religious）層次。

　　兒童，純粹活在當下的涕笑之中，是感受層次之最完美的代表。有些人長大後還是保留這種當下的即時反應，所以我們常形容這些人是「孩子似的」或「天真」；當他們面對一些簡單無比的美麗物品，一眼就滿心欣然感動；而眼看一朵曾經讓他們心動的花朵正逐漸凋謝，馬上陷入絕望。感受性很強烈的人，似乎刻意選擇單單就是為了如此特別而快樂的時光，而活著。齊克果對於這種感受的存在模式特別貼心，但也強調這一切最後都將幻滅，一如希臘伊比鳩魯學派的詩人格外受到「悲哀」（sadness）情緒的魂牽夢引；每一綻開的花朵，後面都是獰笑著的骷髏頭。人們追尋歡樂的花朵，但人生之路終將被野草覆蓋；一如情聖唐璜（Don Juan）一次又一次追尋新的愛情，最後仍是難逃深深的絕望。重視感受者，彷彿他的生命受到冥冥的驅使，不斷拼命逃離乏味與枯燥，殊不知這種逃離的本身正是絕望的一種形式；他想要逃離的，其實只是他自己。

　　可是這種感受的存在，就人生態度而言，齊克果還把「知識的感受」也包括進來，特別是指某一類喜歡純粹思考、喜歡「理論」的人，他們站在生活的外邊，把生活看成一幕場景、一齣戲劇，自己是不涉入演出的。

特別是知識份子和哲學家，他們總是站在遠遠的地方，保持距離地觀看人間，彷彿自己是個觀眾，而滿足於自己作為一個感受者。這裡，其實反映出齊克果對於西方思想傳統的不滿，他認為眾多哲學大師對於人生的存在，頂多只是感受它，而沒有真正瞭解它。

以感受為主的存在方式，最後陷入自我矛盾，因為成、住、壞、空的宿命始終在後面不遠處等著你；更何況，無論如何，最後的最後，都還有一個無可避免的終局，那就是死亡。選擇以感受作為存在方式的人，最後大都不得不另行選擇以倫理的存在，來繼續生活下去，雖然決定放下感受而選擇倫理同樣也需要很大的勇氣。

即使如此，在齊克果的理論中，人是不可能全然放棄感受的。這三個層次的存在，並不像三個樓層，好似人若在二樓就不在一樓。選擇倫理生活之後，感受只是被整合進入另一個體系，不再居於中心而已；此時，感受的存在只靜靜地留在邊陲，悄悄維持自身的局部存在。

人，不得不選擇倫理的生活。但是對於所謂的倫理，齊克果也有話想說。西方傳統倫理哲學一直進行著「善、惡、對、錯」等概念的分析，例如有人堅持

「缺乏了善，就是惡」等。齊克果認為這些概念的分析，並不要求分析這些概念的人本身也要過著合乎倫理的生活。非常有可能，一個哲學家對於價值理論有著深入的「研究」，但是他自己的生活方式卻十分幼稚、甚至只是裝模作樣，完全感受不到世間的倫理掙扎其實是很刺透人心的。反之，齊克果所強調的倫理，必須是把價值問題真正帶進實際生活之中來琢磨。在實際生活中，我們不是就「客觀的善、客觀的惡」進行二選一，因為在這種情形下我們非選擇客觀的善不可，這等於「沒有選擇」；就人的真實存在而言，我們的倫理選擇乃另是一種更為基本的「主觀」選擇，那就是，我們為自己的存在而自己決定好壞。例如，在戰爭中的那一方是好是壞呢？你能「選擇」本國是壞蛋、而「敵國」是好人嗎？

更進一步，既然人難免一死而萬事皆休，活著的時候何必又牽掛著良心、道德、責任等倫理糾葛呢？齊克果很同意尼采的說法：「既然上帝死了，一切就沒甚麼不可以」，他也很同情唐璜，雖然一切終必成為幻影，但唐璜的一生是如此熱情有力。齊克果真正在意的是，甚麼樣的原則可以讓我們真正得到內在的快樂，而不是

「規規矩矩」謹守著某些道德原則而已，只因為這些道德原則之所以是道德原則，乃因為它是我們這個社會所許可的。若是後者，我們念茲在茲、謹守不逾的，說穿了其實也只是要得到社會的讚許（或逃避社會的譴責）而已。

走到這裡，齊克果之倫理的存在，也就漸漸轉向宗教的存在，只差一步跳躍。這一步之差，而從倫理人一躍而為宗教人，關鍵在於個人的單個性與獨特性。什麼是宗教人？宗教人基於他自己得到來自宗教的召喚，而回應人生，而且這樣的回應有可能與社會上大多數人遵從的道德法則，發生決裂。倫理法則基本上都是以放諸四海而皆準的姿態出現（例如「誠實是最佳政策」、「信守家庭價值」、「愛台灣」等永恆不變的格言），但是具備宗教性格的人，則有可能得到上帝的召喚而違背倫理法則。不過，當你依據上帝的召喚，而準備違背人間普遍倫理法則的時候，你怎麼能夠確定這是上帝的召喚而不是魔鬼的召喚？你又怎麼能確定這不是出於你自己的自私，只假托上帝召喚作為心理安慰或逃避責任的藉口呢？

　　事實上，齊克果並不否定人間倫理的重要地位。因此他強調，凡是因為宗教召喚而違背人間倫理的人，首先必須是深心服從這些倫理法則的人。當宗教人決定要和這些倫理法則決裂時，在態度上，他絕不是以為自己高人一等，反而是以恐懼的、顫慄的心情，做出如此重大的決定；絕不是傲慢與自大，與倫理原則決裂的宗教召喚是不是真實的，完全要看他自己是否感到恐懼與顫慄。

　　由於這召喚乃是出於上帝對「我個人」的召喚，世間倫理的普遍架構無法套用於我個人的具體存在（concreteness），因此對於倫理法則而言，我是例外；同時，齊克果認為個人的價值抉擇應該是高於集體的倫理。我之所以是例外，是因為它呼應了我那最深層的自我（my deepest self），而這最深層的自我滿懷恐懼地，以宗教良心「超越」了世間倫理法則；對我而言，這只是「倫理的暫時停止適用」，而非根本否定它，更何況這種決裂處境的本身，也是一種危機。在這種危機處境中，我並不是在「善、惡」之間做選擇（此時的「善、惡」是昭然若揭、眾所周知的社會規範），而是在幾個相互競爭的善之間做選擇，選擇這一個善就會傷害到另

一個善，而且選擇之後究竟會造成什麼後果，我也完全沒有把握。由於害怕走到這個令人頭痛的複雜地步，所以大部分人們最終還是退回到倫理法則裡面，來尋找依賴與掩護，畢竟倫理法則在世間還是普遍適用的。所以「由倫理法則代替我做選擇」既便捷又可以拯救人們脫離困境，免除人們「自己為自己做選擇」之艱難功課。然而，存在之如此具體（the concreteness of existence），萬非普遍適用之倫理藍圖所能事事囊括，所以它強迫我們在倫理法則之外、站在自己之內（outside the rule, inside ourselves）來進行宗教的選擇。很多人迴避內心這樣的宗教選擇，害怕面臨恐懼而戰慄的深淵；然而，在恐懼和戰慄中，我們才開始成為我們自己。

　　齊克果大量討論恐懼、顫慄、絕望、焦慮等，這些往往被我們歸類為「負面」的情緒而避談，甚至刻意壓抑。較受我們歡迎的，是那些「正面」的情緒，例如愛、喜樂等等。然而，無論所謂的正面或負面，人生就是由這些所有的情緒所建構起來的。人間豈有不知恐懼之痛的愛？又豈有不帶嘆息的喜樂？而絕望，最終說來也和外在的事物無關；無論失去任何東西而感到絕望，但真正難以承受的不一定在於「失去」本身，而在親眼看見

自己孤獨、赤裸裸地站著，而腳下「自我的深淵」正張
裂開來。

13 異化、文化帝國主義、霸權

　　以下是馬克思主義（Marxism）關於文化批判的三個議題，整理自 A. Berger 所著《文化批判》（Culture Criticism）。表面上馬克思主義似乎不再流行，但實際上它仍然像個幽靈一樣，在許多表象的背影中，輕輕對我們噓氣。

一、異　化

　　許多人認為「異化」（alienation）可以說是馬克思主義的核心概念，正可反映出他之所以鼓吹革命，心底其實有著強烈的人文和道德關懷。這個字眼從 alien 延伸而來，異化近似一個陌生人或異鄉人，走在他國的街頭，和周遭其他人完全沒有實質關聯的一種詭異的處境。

馬克思認為資本主義生產模式讓整個社會各個角落都瀰漫著異化的詭異感，甚至連富有的大亨終究也無法倖免。

　　有錢人身為統治階級，而無產階級窮人乃是富人謀財的資源。雙方的位置如此懸殊，當老闆和員工偶爾見面之際，彼此之間的感覺當然是「陌生」的。但是窮人本身也是異化的受害者，他們異化於他們所從事的工作，感覺自己只是生產線上的一顆螺絲，只是老闆購買來的活機器人（跟老闆買一輛賓士作為交通工具一樣），工作者無法從他們的工作本身得到快樂，工作只是滿足其他需求（食衣住行）的手段而已；換言之，工作的意義不是為了工作者，而是為了老闆，工作是一件不屬於工人，獨立於工人、「外在於工人」的活動（it exists outside him），自動化製程甚至是一種否定工人的力量。工人，與他的工作，之間完全異化。

　　其實不只手技勞工的切膚感受是這樣，管理階層也是如此；雖然管理階層不屬於無產階級，可是一旦被上級認為不再「有用」，他就會被資遣掉，就像是某種用過即丟的物品一樣。甚至連身價極高的美國運動員也會

面臨被球隊「交易」出去的命運，體驗到自己被「物化」
的苦澀滋味。

　　不過，也有論者認為馬克思的異化概念太過流於空
泛，因為依異化的感受來對照，無論小鄉村或大都會、
無論古代或現代，異化感可能是人類社會的永恆議題，
不應單單歸罪於資本主義生產模式。

　　馬克思主義者的回應則是，就文化批判的角度而
言，異化仍然是個很好用的概念工具，不只針對經濟不
平等的處境（資本主義是這種不平等的高峰），其他因
為種族主義、性別歧視或任何特定處境，造成精神上彷
彿走在異鄉，受到陌生感、空洞感衝擊之時，都可以就
異化的角度來分析。

二、文化帝國主義

　　「文化帝國主義」是指西方（又特別是美國的）大
眾媒體傳布於全世界，所造成的某種效果，運用這個概
念的並不限於馬克思主義者。批判者認為美國的媒體
（例如好萊塢電影）傳播「資本主義價值觀」，將之灌

輸到第三世界民眾的觀念中，而這些價值觀（例如出人頭地美國夢、競爭與效率、金錢與豪宅名車比基尼、消費至上等）有助於這些國家的人民心甘情願接受資本主義生產體制，同時也防止他們往工會、階級意識等方向發展而注意到他們的社會正在發生甚麼樣的變化。藉由媒體（也就是價值與文化）的侵染，文化帝國主義論者認為第三世界國家的每個社會都在「可口可樂化」；智利的馬克思主義者就寫過《如何解讀唐老鴨》的書，認為迪士尼卡通乃是美國維持意識型態或文化宰制地位的工具。不過這樣的說法也引起相當的爭辯。

　　美國大眾媒體（電影、卡通、電視節目等）的製作者本身並不覺得他們是在「刻意」要傳播美國的價值觀給全世界，這些資本主義價值觀是大多數美國人民所接受的，所以融入他們的媒體節目中本是很自然的事情啊。

　　其次，文化帝國主義論者認為美國或歐洲的大眾文化（包含速食、牛仔褲、搖滾音樂等）透過傳播而整個地壓倒其他國家的在地文化，因為這些國家沒有能力發展出與美國等量齊觀的電視電影節目來捍衛他們自己脆

弱的文化，最後的結果可能是整個地球的文化景觀都變得相當一致，或者通通「美國化」。

　　上面的說法其實是基於一個前提，它假設大眾媒體的力量非常強大，第三世界國家的人民必將深受影響。然而「讀者」對於外在訊息的「反應」與「解碼」，其實是有相當的個別差異，還得要看讀者本人的文化背景和社經地位等因素，通常讀者會用他自己的方式來解讀文本，不能一概而論。研究溝通理論的人也認為「溝通」並不是這麼容易，所以媒體的力量並不如文化帝國主義論者所預測。

　　不過，馬克思主義者則提出另一種看法，說明人們有可能被某種價值觀所宰制，而又不致辨識出他們之被宰制的事實（people might be dominated and not recognize it），這就牽涉到下面對於「霸權」的解說。

三、霸　權

　　Hegemony 一詞在學術界一般被翻譯成「霸權」，在特定脈絡下，這樣的翻譯可能並不適當。社會上許多

抗議者經常以「反霸權」來當作口號,彷彿他們準備要對抗的是某個「目標明確」、「霸氣外露」的權力體制,但是這和 hegemony 在此處的細膩原意正好相反。我無權改變他人的語言,只能假定 hegemony 還是維持「新馬克思主義」用法的話,它的翻譯或許應該改成「自我領航」;不是那一個「偉大的舵手」在領航,而是這整艘船自己在走。

　　霸權在義大利馬克思主義者葛蘭西(A. Gramsci)手上獲得新的生命。就這個字眼的傳統用法,「霸權」是指主權國家的政治控制,但葛蘭西強調的卻是它的「心理/文化」義涵。葛蘭西的原意,是企圖解釋為什麼統治階級有辦法讓被剝削的工人群眾「相信」他們的生活處境是「自然而然」的,而且走到地球的任何角落都一樣。這樣的信念意謂著,事情既是如此,眼下的秩序當然就無可改變了。而產生這般信念的過程中,起著積極作用的並不是經濟基礎(如馬克思本人以為),而是林林總總的「文化機構」(教會、學校、家庭、社團、出版、媒體等)集體地共同維持著現狀。

　　人們生活在特定文化之中而受到文化所影響,但自我領航或霸權的內涵不限於這般粗淺的文化概念。葛蘭

西的霸權，強調文化是個「整體的社會化過程」，各個文化機構不斷、同時發揮它的影響力，而產生一種集體的、整齊的方向；我們每天生活在這樣的方向中，而可能無法意識到這方向性的存在（有點像游魚沒有意識到水流的存在）。所以，霸權乃是一種瀰漫天地而又深入日常生活、讓人習以為常而又無須贅言的信念體系。

在這樣的界定之下，霸權與意識型態之間有了差異。意識型態也是一套信念體系，我們可以主動意識到、或者也被迫意識到種種意識型態（國家獨立、自由主義、社會主義、民主、自由市場等）的存在，但是霸權，或者更精確地說，整體自我領航之下的文化宰制局面，則是我們難以辨識的，因為它無所不在而且沒有固定形式。相對而言，意識型態可能牽涉到政治動員的著力痕跡，但霸權則是社會層次或文化層次之不著痕跡的意義體系；比起意識型態的政治性與知識性，霸權之整體自我領航則更完全、更隱而不顯，因此而更能影響我們的所思所為。

我們生活在這般的價值體系中，「不識廬山真面目，只緣身在此山中」。

　　正因為霸權所形成的文化宰制局面是如此長期而深入，所以許多抗爭活動表面上看起來是在反對某種宰制或不平等，但是這樣的抗爭本身，卻很可能還是停留在原來的、更深層的霸權之中，而不能自我覺察。（按：例如抗議女性被物化的女主播自己的穿著就很「引男人注目」；學生群眾集體點亮手機抗議核能，毫不遲疑地消費電力；抗議房價過高的人，自己也想藉由賣房子來賺一筆等。）

　　於是，在文化分析的領域，這裡就出現兩個子題。首先，我們要學習區分甚麼樣的抗爭才是真正跳脫了霸權式的自我領航，促使回過頭來檢討它；以及，而什麼樣的抗爭只是個假象，它骨子裡仍然不脫當下整體自我領航的價值框架。第二，如果霸權是一種瀰漫的、「日常而不知」的文化宰制，而如今有人竟「知道」要去檢討它，其實它就已經不算是霸權了。

14 人生隨筆

以下選譯自美國精神病醫師及知名作家 M. Scott Peck 所著之《路上靜思》（Meditations From the Road）。

即使做不成命運的主人，我們也要盡最大的力量，成為自己的船長。

人生本來就是由一連串的問題所構成；關鍵是，我們要在問題面前嗚咽哭泣，還是下定決心去解決它？

問題是可以被解決的，只要你自己把解決問題的責任，給承擔起來。

人生旅途，走得越遠，越能經歷到更多的重生、更多的死亡、更多的喜樂和更多的哀愁。但特別值得強調的是，放下越多，得到也越多。

　　苦難，一旦我們決定完完全全接受它，某種程度上它就不再是苦難了。

　　「愛自己」和「愛他人」不只攜手同行，終究來講它們是不可區分的。

　　愛，它可不是一件以逸代勞的事。愛若變得更能辨識出來、或是更真實，只有一個法子，那就是為了某人（或為我們自己），我們願意多踏出一步或多走一哩。

　　愛的弔詭，在於它同時是、也不是自私的。

　　在自我的經驗中發現到愛的證據，這既容易，又愉快。但若企圖在某人的行為之中「搜索出愛的證據」，這又難又痛苦。

　　真誠地傾聽，這就是愛的表現。

　　所謂的勇氣並不是沒有恐懼，而是雖懷恐懼但仍採取行動。

　　成長的意義，就是懷著恐懼，毅然決然躍入未知的、不定的、不安的和不可預測的下一步。而這樣的奮然跳躍，許多人一生都不敢。

　　真愛，不止尊重另一半的個性，有時甚至鼓勵另一半培養自己的個性，即使這樣做可能冒著兩人分手的風險。

　　除非真正身歷其境，否則我們不可以自認為我們已經知道它。

　　通過愛，我們可以自我提升；通過愛他人，我們幫助他人自我提升。

　　親自下去對抗世間的邪惡，這是我們成長的方法之一。

　　事實就是這樣，每一個人都是破碎的和受傷的。但奇怪的是，為什麼我們老覺得應該要掩飾自己的傷痕？

當計畫之外的事情發生了，人生才真正開始。

當一個人的內心經歷了重大轉變，而又回到與過去毫無改變的同一環境，這通常是很痛苦的事情。

沒有寧靜，就沒有音樂。

做一個開放的人，而開放則要求我們具備接受傷害的能力及意願。

莫罕默德說：「相信阿拉，但請先把你的駱駝拴緊。」

溝通的全部意義乃是（或者應該是）和解。

何謂靜思？你並不需要拋棄你的知識，你只需要保留一點空間給知識之外的東西。

15 台灣高考插曲

本文整理自許雪姬著「另一類台灣人才的選拔：1952-1968 年台灣省的高等考試」，這篇論文說了一段大多數人都不會注意到的台灣史。

通過高等考試而成為公務員，是許多人的目標。然而民國 41 年起，台灣除了正規的全國高考之外，還出現了另一種特別的高考「台灣省高等考試」，兩種高等考試並行到民國 57 年，這裡面是有故事的。

中華民國公務員考試的法源在憲法，憲法第 85 條規定「公務人員之選拔，應實行公開競爭之考試制度，並應按省區分別規定名額」；民國 36 年當時憲法的涵蓋範圍是整個中國大陸，為顧及各省各區的平衡，所以公務員錄取名額設有各省各區的配額，而配額的多寡基本上是人口 300 萬人以下者 5 人，超過 300 萬每增加 100 萬人口則公務員多錄取一人，因此考試院訂出了

配額數，四川省 50 人、廣東省 28 人、福建省 13 人、
台灣省 8 人、黑龍江省 5 人等。

民國 38 年國民政府遷到台灣，隔年也實施高考，
但這套配額制度馬上就面臨公平性的問題，好在當年台
籍考生也只有 12 位。民國 40 年台籍考生暴增至 264
位，其中考試及格的就多達 58 人，然而配額只有 9 人
（原規劃 8 人）。考試院為化解這難看的場面，趕忙舉
行了有名無實的「公務人員高等普通考試台灣區考
試」，另開一榜，將台籍高考及格的考生全部錄取，暫
時度過一關，但是問題仍然沒有徹底解決。於是，從民
國 41 年起政府另設了「台灣省高等考試」，考試科目與
錄取標準與「全國高考」相同，兩種高考也在同一天舉
行，而台灣省高等考試非但沒有省區配額問題，而且考
生必須是台灣省籍，省籍的認定是以父母雙方的省籍為
準，所以大陸來台者無法報考。

一開始，台灣省高等考試迅速吸引大批台籍考生的
報考。全國高考的各省配額，雖然不能在憲法上有所改
變，但此刻無論哪一個高考，在應考人數及高分群方面
都台籍考生的天下，考試院也從民國 51 年起運用所謂
「加倍錄取」的行政手段來進行錄取，台籍考生只要成

績及格就錄取，形式上保留、但實質上已跳出配額的限制。此後全國高考錄取人數中，台籍考生在民國51年就超過五成，民國52年超過七成，民國54年超過八成，原本作為「補救」措施的台灣省高等考試也就失去實質作用，遂於民國57年結束運作。

附帶一提，當時高考之普通行政人員文書組的專業科目如下：應用文、理則學、哲學概論、中國文學概論、倫理學、中國或西洋哲學史（擇一）、中西通史或史學方法論（擇一），共計七科，準備起來也頗不輕鬆。

不過，通過考試是一回事，分發任用則是另一回事。高考的設計原本就是一種「任用考試」，通過考試和訓練之後即行分發。但是當中央政府壓縮到台灣一省，龐大的中央機關體系或遭簡併降級或人力縮減，缺額有限，同時用人單位常也「雇請」非經考試及格者任職，當時政府對此現象也無法完全改善，因此有些高考及格者短期間之內竟然無法任用，高考形同「資格考試」，雖然當年度考試分發的比例在民國40年也有八成以上。當時台籍人士的人際關係網絡較窄，能分發至中央政府者有限，反而是台灣省政府的機率較高。這種狀

況要等到民國 55 年公布「高普考及格人員分發任用辦法」、隔年行政院成立「人事行政局」統一進行分發任用後才得到解決。

　　或許，我們也可以從考試、分發的過程來觀察一個政府的轉型能力。

16　中國與朝代

　　中國文明，歷經數千年的「改朝換代」，緩慢的變化中，也存在著可能千年不變的基本格局。本文整理自 J. Hall & G. Ikenberry 所著之《國家》（State）第三章的部份內容，以現代國家的內涵為標準，回頭檢視傳統國家複雜而簡單的運作邏輯，多少有助於我們以簡馭繁地理解何謂朝代。

　　工業時代來臨之前，「國家」大都只能運行最小、最起碼的功能，這意味著許多社會性、經濟性甚至政治性任務乃是由民間「自主團體」負擔起來的。這些自主的或自助的團體當中，最突出的即是親族。凡是無法受到親族網絡照料的個人，其命運多半是不堪的，雖然其他商業團體、宗教團體或某些特別的組織也可以扮演親族團體的角色。基本上，國家只是高高在上於所有的社

會關係，無法控制、其實也很難改變這些既定的社會關係，同時國家的統治也依賴這些力量的協助。

雖然不時遭遇動亂，東方文明很成功地適應了它的環境，說明了這樣的體制有能力保持某種有系統的運作；固然不停改朝換代，然而朝代的結構（運作系統）卻維持不變。本節試圖描寫的就是東方王朝如何成功地適應它的社會經濟關係，以及它們如何締造各自不同的「國家－社會」關係，以下是中國為例。

中國的侷限，是北方的萬里長城，因為中國需要從農產豐饒的南方經由運河系統，源源北上提供各種補給輸送至北方龐大的駐軍；前述這句話，言簡意深。

中國幅員廣大，靠著軍事武力勉強把局面撐住，而中國文化所能影響的空間比軍事佔領的空間更小。大約自漢朝起，國家即藉著科舉考試創造出一批志在任職於政府部門的知識份子，但是這批知識份子能夠在一個農業社會中打造出一個強大的國家嗎？

事實上，要成為一個有效率的政府，中國官員的數量從來就不足。1371年建立的明朝，官員數量只有很少的5千488人，到了16世紀也只成長到2萬400人，加上5萬人低級公務員。一個地方官（加上3名助手）要

管理大約 500 到 1000 平方英里，所以中國從來就欠缺全面管理的工具。中國社會的各種道德規範，其實是由親族團體所教育出來並加以維持，各類社會福利、公共秩序等也需要這些地方力量來執行；還算幸運，社會上的各親族團體基本上並不經常與國家為敵。當然，國家一定會堅持自身的自主性，但是當國家以自己的單方面行動對付某某個人，而這個人卻又隸屬於地方士紳階級時，國家的行動往往會遭遇士紳的反彈。如果社會（仕紳）擁有反彈的能力，則國家可藉以推動經濟的手段，也就非常有限了，因為國家無法推出「它自己的」經濟計畫。中國的改革者不斷試圖使土地登記更加合理而作為改善稅收的基礎，但總是遭到地主士紳階級的抵制。整個中華帝國，我們看見的是國家與社會之間，在對峙力量上的相持不下。而這樣的僵局，導制國家無法領導整體的社會能量而創造出最大產值。

　　以上的對峙格局，造成中國始終只在朝代循環打轉而已。新的朝代總想要把國家的基底，也就是農民（其實也是糧食、稅捐及兵源）重新整頓一番，然而也很快地失去對於這基底的控制。地方士紳（其實與官員是一體的）不斷累積其房產土地，而且也能夠逃避稅收，同

時中國的內憂外患幾乎也與仕紳的抵制同步產生。內憂的壓力是人口的不斷增加，當土地無法餵飽眾人，農民暴動就四處竄起。而外患是，游牧民族當然會發覺中國的富饒是何等吸引人。當外患形成之際，政府被迫增加稅收以擴張軍隊人數，而士紳則趁機將不願或無法付出更多稅收的個別農民收買為自家僕役，而免除他們的納稅義務，結果有付稅能力的小農之家在數量上越來越少，政府稅基流失，而士紳的力量反而越大。有一項研究顯示在西元 754 年，5 千 280 萬的總人口中納稅的只有 760 萬。在這種情形下，政府也只能針對能夠抽到稅的人，抽取更重的稅。這無異是火上加油。

不過我們好奇的是，中國總是挺得過來。在中國歷史上有時出現相當程度的經濟成長，甚至帶有若干資本主義味道，然而它基本上都是發生在分裂的局面，而非統一的局面，例如南宋。因為政局不穩定，市場與城市反而相對獲得更多的自主空間。然而一旦恢復統一的局面，前述的經濟成長力量立刻面臨壓制，連海外貿易也被緊縮。政治壓倒經濟之最顯著的例子就是針對下西洋的鄭和，傳統政府官員對於鄭和這種「非正統」出身的官員竟獲得重用而大表不滿，伺機排除其影響力。換言

之，政府雖然無法有效穿透社會，但它仍然保有一定程度的自主的作用；以比喻來說，政府的作用就好像西方石材建築中拱門上方最中央的那顆頂石（capstone）。

　　拱門兩側累積堆高的石塊，每一石塊各自獨立，到最後由中央的頂石，居中卡著，左右串連成拱門結構。同樣的，政治這塊頂石也是獨立的，它無法穿透也無法動員其他的各種社會力量；事實上政治所害怕的，正是其他各種社會團體的平行串連，那將會超越政治控制的能力範圍。政府這塊頂石「居其北而眾星拱之」，其作用不在使社會中的經濟關係更加緊密，而是防止這種關係過份緊密。相對來看，歐洲國家則是在社會中的市場關係確立之後，拼命提供經濟活動所需要的各種服務，使之更活躍成長，而形成國家與社會之間的有機聯結。但就明朝的末年來觀察，凡是有助於資本主義發展的各項服務都很缺乏，商業活動沒有足夠的法律保障，流通的貨幣不足，利率太高，銀行尚未進一步發展，貿易路線受阻不通，政府本身偏又掌握河運並投入製造業；在經濟的利潤空間十分有限的情形下，連通官府成為仕紳並投資土地，反而可以穩定獲利，則商業發展的前途就不必考慮了。同時在亞洲大陸的中華帝國缺乏其他真正

夠實力的競爭者，所以如此低度發展的統治格局，竟也過得去。於是，中國的宿命就這樣確定了。

　　似乎，只要拿掉了國家體制的干涉（包含與社會脫節的意識型態），資本主義應該可以發展得很漂亮，就好比西歐國家一樣。但這說法也過於簡略，世界上其他主要文明如印度和伊斯蘭，它們缺乏像中國一樣的統一帝國，但資本主義也沒有發達起來，不過那是另外的故事了。

17 聯合國與國際政治

本文整理自 L. Lipson 著《政治大議題》（The Great Issues of Politics）。Lipson 是美國加州大學（柏克萊）政治學教授及詩人，最讓人津津樂道的是他在 1954 年為大學部政治系學生所寫的教科書《政治大議題》，出版後一直翻修到 1997 年的第十版，並且翻譯成多國語言。國際政治問題始終是個重大議題，現代國家無法不被捲入國際漩渦，從而個人的命運，也無自外於國際的洪流。

1918 年第一次世界大戰結束之後出現「國際聯盟」（League of Nations），1945 年第二次世界大戰結束之後出現「聯合國」（United Nations），後者是人類設立國際組織以維持世界和平的第二次機會，同時也趁機修補了國際聯盟的若干缺點；例如，聯合國更重視戰後經濟崩壞對世界和平可能帶來的不利影響，因此它比從前

更重視經濟復興的方案。其次，聯合國也開始強調人權和核子武器的管制。基本上，聯合國比國際聯盟來得更務實，更減少了一些虛幻的期許，因此除了胡蘿蔔之外，它還有棒子，如此才能由戰勝國來執行維持世界秩序的「警察」功能，這就是安全理事會（the Security Council）的由來。安全理事會的決議可以被五個常任理事國任何一國給否決，目的就是維持大國之間至少保持相對一致的步調；如果連這一點都做不到，聯合國就等於廢了。

　　聯合國一開始就出現了尷尬。一方面，由國民黨主政的中國嚴重陷入動盪。另一方面，事實上就安全理事會其他常任理事國（美國、俄國、英國、法國）來看，當前這個「國際」組織仍然不脫由西方白人帝國主義宰制天下的局面，但與之對應的，卻是印尼脫離荷蘭、剛果脫離比利時、阿爾及利亞脫離法國、印度脫離英國等等反殖民獨立運動，之後伊朗、埃及等國也加入，整個地球瀰漫著「東西對抗」的崩解氣氛，直到 1971 年中華人民共和國成為安全理事會常任理事國，聯合國的「普世」形象才稍稍得到扭轉。1945 年成立之際，只有 51

個國家加入聯合國，它還稱不上是個全球性的組織，一直到廿世紀末，聯合國的會員國才接近兩百。

　　聯合國才成立不久，世界就陷入冷戰；冷戰時代結束之後，世界又進入地球暖化時代。冷戰期間，全世界大多數國家分別由美國和俄國兩大強權來領導，它的直接後果就是武器競賽，各自發展出令人不敢想像的、讓全球共同毀滅的恐怖武器。同時，隨之而來的則是 1961年美國總統艾森豪所提出的警告，他認為「軍事工業複合體」（military-industrial complex）已經成形，決定要不要打仗的不再是總統，可能也不是將軍，而是全球軍火工業（含軍事武器研發機構）。在外交上，各國被迫成為美、俄兩國的「盟友」或「依附國」，兩國也透過各種援助方案鑲嵌於其他各國，國際政治形成兩組「主從關係」網絡。對於瀕臨或正面臨內戰的國家（例如伊朗、越南、韓國等），美俄兩國也深深介入其中，以期爭取、或建立他們較偏好的政權，這又使得該國的內戰激化成為更慘酷的悲劇。對於冷戰，聯合國只能假裝置身事外。

　　冷戰問題之難解，其中一個原因就是來自意識形態之爭。意識形態之爭，看似科學唯物主義及階級鬥爭，

與啟蒙運動以來的個人主義，在爭奪哲學的王座，雙方好似宗教戰爭一般強迫眾人輸誠交心。無論政權或思想上，俄國集團對美國集團絕不寬容，反之亦然；1956年匈牙利布「達佩斯之春」被俄國坦克無情壓制，1983年格瑞那達成立共產政府，美國直接派兵入侵並推翻該政府，而僅稱呼這樣的侵略為「緊急狂暴行動」而已。聯合國大會針對美國入侵案通過譴責決議，該決議在安理會上被美國否決。

　　冷戰的突然結束，來自俄國總書記戈巴契夫 1989年坦承俄國需要新的方向，因為俄國的經濟即將要被龐大的軍事支出給拖垮了。之後，無論東歐或波斯灣的問題，俄國皆支持美國所領導的強勢作為，在影響力上一度讓位給美國。

　　接近半個世紀的冷戰就這麼結束了，誰贏誰輸呢？表面上看來好像美國贏了，但真正來說，大家都是輸家。國際政治深陷於對立和誤解中而無法自拔，同時雙方都被失去理智的軍事開支所拖累，形成一種愚人之間的競賽。或許真正的贏家，唯有日本；日本發現自己根本不必轟炸珍珠港，直接把它買下來就得了。

　　聯合國可以組成它的維和部隊，但是維持和平的武力只有在對抗的雙方即將準備停火、或者極有可能停火的情形下才能發揮作用。作為領導者，美國很難卸除動武的責任與義務。但是國際之間產生衝突的溫床，基本上仍在於大規模的不平等，亞洲、非洲、中南美洲仍有太多人生活在貧窮線之下，很容易受到各式各樣的「先知」所煽動，因此聯合國較之國際聯盟更重視弱小國家的經濟援助與經濟發展。這裡有一個前提，那就是接受援助之國家的政治人物，真的把錢花在刀口上，而非塞進自己的口袋。然而，聯合國花在經濟援助上的預算總是不足的，雖然它律定各國的捐輸至少在 GNP 的 0.7%以上，但是基本上只有挪威、瑞典、荷蘭等國的捐助在標準比例之上，美國在 1980 年代大概只有 0.25%，它更偏好軍事援助而非經濟援助。

　　聯合國的經濟援助，通常也激起「外國干預內政」的反彈，因為在經濟及科技上越依賴他國的落後國家，對於自身的政治獨立，反而更加敏感，其中一個背景則來自於第二次世界大戰之後許多新興民族國家（nation-state）陸續登場，而歐美民族國家則早在 15 至17 世紀就形成了。新興民族國家雖然也感受到時代的不

一樣，因為當今國際聯結的程度，或者「市場與市場」的關係（而非國家與國家的關係）遠非 17 世紀可比，但是民族國家的制度一旦成形，民族主義也跟著亢奮到高峰，若非經過幾個世代，是很難沉澱下來的。同時，民族主義也是國際衝突的土壤，它直接助長了國際軍火市場之維持熱絡，而這更使得國際和平更難鞏固。以 1980 年代來看，全球的軍事開支是兩百萬美元，每一分鐘；聯合國維和部隊一整年的預算，只夠打一天的仗。全球教育和經濟支出的總和，遠遠比不上軍費開支。但即便是這樣，聯合國也無法解決區域爭端的發生，頂多在安理會或大會上發表譴責的聲音，而且其實只是發表給自己國內的選民聽而已。

　　在全球與民族國家之間，仍然存在許多中間層級的區域組織，例如北大西洋公約組織或東南亞公約組織等，試圖自行調解各自的爭端。可是在經濟全球化的今日，國家「邊界」的意義已經模糊了，因此何謂「區域」，其實也難以確定。再者，中圈和大圈一樣，各自總有老大與老二、老三，它面臨的不平等處境與各種反彈，所面臨的問題與聯合國無異；例如中圈之內，民族主義的

問題也依然熾熱，同時這種「區域國家」的發展趨勢也更激起中圈與中圈之間的競爭。

　　總而言之，如果無法以合作取代競爭，無法實現「我要存活，這也意味讓他人存活」（to live means also to let live），人類終將一起走向滅絕。

18 自戀、過去與文化危機

　　本文整理自 C. Lasch 所著《自戀的文化：在一個期望漸低之時代的美國生活》（Culture of Narcissism: American Life in an Age of Diminishing Expectations）的前言，原著出版於 1979 年，Lasch 隔年獲得美國國家圖書獎（*National Book Awards*），該書再版至 1991 年，是本頗具影響力的著作。表面上它分析的對象是美國，但是某些基本原理的適用，可能是超越國界的。

　　自從美國主流媒體大亨宣稱廿世紀是「美國的世紀」之後還不到廿五年，美國人的洋洋自信就跌入了低潮。那些還夢想著美國乃是世界強權的人們，忽然發現美國其實連一個紐約都管不好。越戰失敗之後接著經濟發展停滯，自然資源消耗殆盡而且環境汙染日益嚴重，這些現象都讓美國社會的領導高層悄悄萌生悲觀的意態；悲觀的意態是會傳染的，一般人們對於美國這些菁英的領

導能力也快速失去信心。其他歐洲國家的狀況也好不到
那去，法西斯主義的開始復興，恐怖主義接二連三的打
擊，連加拿大都面臨嚴重的魁北克分離運動，種種困境，
在在揭露出西方國家的弱點，以及西方國家長期穩定之
傳統制度的活力已經元氣耗盡，中產階級社會具有建設
性的諸多創意也已用完；面對威脅要推翻當前體制的種
種困境，西方國家的領導高層不只失去了對抗它的能
力，甚至也失去了對抗的意志。

　　其實資本主義體制之政治危機，反映出來的是更普
遍之西方文化的危機。西方政治理論的王牌是自由主
義，但自由主義對於社會福利、跨國經濟或其他重大事
件的發言能耐已經沒剩多少了，這意謂著知識界也面臨
破產危機。經濟理論無法解釋為何通貨膨脹與失業現象
並存，社會學避談現代社會的整體問題，心理學也迴避
佛洛伊德的挑戰而僅在小枝小節上做大文章，自然科學
也沒有能力驅散時代的黑暗或解決社會問題，哲學家連
想要假裝可以指導我們如何生活都沒辦法，文學研究不
再涉入社會而只重視作者心態的挖掘，歷史學者也坦承
過去的歷史與今日世界越來越「不相干」，整個人文研
究領域對於現代世界的理解不再有進一步貢獻，不再有

觀念指導的大方向，整個人間生活「與道德無關」
（demoralization）之趨勢，彷彿已經得到人們的普遍默
認。

　　不過，以上的觀點是從社會的高層往下看，社會高
層菁英對於未來的絕望，也確實深深影響一般人們的看
法。但是如果我們訪問普通的小人物，則會發現他們一
方面對未來也不抱任何希望，但另一方面卻也顯示出西
方文明超越當前危機的道德源頭，依然健在。

　　統治高層抱怨這個社會越來越難控制，而不能理解
他們本身就是問題的一部分。反過來說，當人們對於統
治高層越來越不信任，某種自力自助（self-help）的能
力就會被激出來；我們過去對於高層或學者專家的過度
依賴，則反而減損了這種能力。一如，當公然的謊言已
經成為一種政治慢性病，則政治學者眼中不投票的冷漠
者，有可能是心態真正健康的一群懷疑者而已。廣意而
言，的現代行政體系（不限於政府）瓦解了「在地行動」
（local action）的早期傳統，而今對於這種傳統的修復，
則可能是從當今資本主義的破毀狀態中重建一個良好社
會的唯一希望。從上而下之解決方案的效能不足，強迫
人們從下而上構思解決之道。在小鎮上、在擁擠大都會

的鄰里間，男男女女發起各種不算高調的合作實驗，設法對抗財團與國家，保有自己的權利。「遠離政治」象徵越來越多的公民不願意僅以「消費者」姿態選擇既有商品，這種新的政治參與方式，絕不是從政治上退卻下來，而是一種新而普遍之政治不馴的開啟。

　　發生在美國之種種生活跡象，本書只描寫其中一種瀕臨死亡的生活方式，它就是「競爭性個人主義文化」，這種文化把個人主義帶到人與人相互為戰的極端，把追求快樂帶到凡事以自我為中心之自戀死巷。這種自戀，竟然還被當作是一種解放，而且越來越成為一種時尚，但是它無意間，反而支撐了社會的現狀。任何不打算膚淺從事的批判者，都必須批判這些以激進為名的許多事情。

　　就像早期的馬克思主義，當今的解放者也快要過期了。許多激進者對於家庭的權威、性道德的壓抑、工作倫理的講究和文字的審查等等中產社會基礎充滿著憤怒，但其實，這些基礎老早就被先進的資本主義給毀蝕了。當代「經濟人」早已不是「權威人格」的化身，而悄悄成為另一模式之「心理人」，心理人乃是中產社會個人主義的最新產品。這批新的自戀者，不再被罪惡感

纏身，他們只是焦慮而已。他追求一己的生命意義，而不欲向他人「傳福音」；他解放於過去，但對當下的存在也不確定；表面上一派輕鬆與事事寬容，但又把每一個人都視為自己的競爭對手，心中其實無有團體忠誠可言；他的性觀念是放縱的，百無禁忌而找不到和平；在競爭中強烈爭取讚賞，但心底只有摧毀的慾望而根本不信任競爭；讚美團隊合作，實則內心充滿反社會本能；尊重宗教規範，但絕不套在自己身上；無止境的追求佔有，但不是為了明天而準備，而是為了當下的滿足而活在努力不懈、但也永遠無法滿足的慾望世界中。

自戀者對未來沒有興趣，部分原因來自他們對過去沒有興趣。他們無意與把過去內化為某種個人快樂的聯繫，也不為自己建立值得珍愛的記憶庫，然而這些都是可以讓人面對他老年生活的資源；除去了過去，一個人的晚境充其量只不過哀傷與痛苦。一個自戀的社會把過去加以貶值，它反映出當前各類意識形態的貧乏，也反映出自戀者本身內在世界的貧乏。自戀的社會把過去當作「懷舊」文化商品來利用，這意味著過去的生活在許多重要的方面全然不值得借鏡；過去已成為過去，過去已被瑣碎化，而成為落伍的時尚與過時的態度。面對今

日世界的問題，已無嚴肅討論過去的必要，至此完全剔除過去的個人經驗所獲致之洞察與相關價值，只因為那些個人的經驗都屬於過去。

我們感謝某一些歷史學家，在他們的著作中可以發現過去某些激進主義者甚至訴諸於更早的過去，以過去為師；這同時也呼應了心理分析所主張的：值得珍愛的過去，乃是建立成熟的現在之不可或缺的心理資源。過去的生活在某些方面比今日更令人快樂，這絕不是心理作用而已，也不是甚麼落伍的政治意志。

我個人不認為過去是無用的。過去乃是協助我們面對未來的政治和心理寶庫（但不必然是某種「教導」）。我們漠然於過去，漠然很容易演變成拒絕，最後將導致文化的破產。當前流行的態度是興高采烈地看待表面現象，這是自戀者精神狀態的貧乏，失去滿足與知足的能力，而這般滿足與知足的能力，卻是我們需要的。我們若無法從自身既有的經驗中找到滿足（from experienced satisfaction），所以只能依賴學者專家來告訴我們需要什麼，我們像學生一樣學習「應該」需求什麼，然後納悶著這些需求似乎始終無法滿足。

把過去加以貶值，這是當前文化危機的最重大病徵。以膚淺的進步觀和樂觀來否定過去，一個社會最終將變得絕望，而失去面對未來的力量。

19　體育的倫理思考

　　體育賽事，已經是許多社會中被視為當然的活動。然而，在許多思考者的眼中，這平凡平常之體育活動的背後，仍暗藏著熱鬧喧囂之外，需要我們冷靜以對的某些反思。以下的文字整理自柏拉圖的《理想國》，韋伯的《基督新教倫理與資本主義精神》，J. Neimark 的「邊界之外：關於體育與性侵害的真相」，與 H. R. Lewis「沒有靈魂的那種卓越」等書。

一、柏拉圖與希臘文明：貴族氣質

　　西元前 9 至 8 世紀，希臘世界 200 多個城邦各自為政，並無統一君主。為了應付城邦之間的戰爭，各城邦積極訓練士兵。士兵需有強壯的身體，而體育則是培養

善戰士兵的直接手段，標槍和撐竿跳正是體育之軍事作用的最典型項目。事實上在人類歷史中，只要國家處於戰爭陰影之下，體育也就帶有明顯的軍事烙印。當連年戰事平息後，軍事體育使人民感到厭惡，大家普遍渴望能有一個休養生息的和平環境，軍事訓練和體育競技才逐漸變為和平與友誼的運動會，甚至開始成為一種歡樂的節慶。奧運就是這樣誕生的。

希臘諸邦都建有專供人們鍛煉身體的運動場，場上有跑道，四周圍繞著看臺，沒有屋頂，競技練習都在露天進行，而且刻意不擦防曬油。在古希臘，能夠進入運動場鍛煉身體，這也被認為是公民的一種榮譽；尤其是貴族，他們認為只有到運動場受過訓練（特別是磨練）的人，才算是真正有教養的人，否則他們和一般手藝工匠或出身低微的人就沒有差別。因此柏拉圖在他《理想國》想像中的完美統治貴族，都必須接受嚴格的體育鍛練，只因為體育是「訓練心志」的工具；貴族性（nobility）的高貴之處，不在穿金戴銀，而是一種「不斷超越之前的我」的一種精進氣質。基於這種自我精進的氣質，柏拉圖把統治貴族和一般運動員的體育活動區分開來，貴族的體育並不致力於培養大塊肌肉，而是藉

由體育讓自己更加均衡而不致過於文謅謅。換言之，體育的苦練旨在強化貴族的精神力量，特別是「勇氣」，這般勇健的精神讓他可以一個人當兩個人。正因為柏拉圖格外重視國家菁英或貴族在品格上的均衡，所以他也強調體育和音樂是同等重要；一面倒向音樂，人會從均衡的狀態變得軟趴趴，一面倒向體育則容易使人變得僵硬粗魯。

二、十七世紀清教徒：有秩序的生活

　　西方社會自宗教改革後，出現了不同於以往的「基督新教」，與所謂的舊教（天主教）開始有了區隔。依韋伯（M. Weber）的分析，相對而言，基督新教較為強調清淨、秩序，以及以個人為主體的宗教信念，重視宗教與生活的真正合一。因此新教徒、特別是清教徒之入世制欲（asceticism）的態度，對於任性而為的生活享樂不以為然；這般的宗教與生活觀，間接也針對英國當朝皇室的奢華風氣，形成強烈的對比和批判。十七世紀，清教徒已經逐漸成為英國社會中產階級的主流，甚至成

為資本主義的發展基礎。英國國王詹姆士一世為了化解新興宗教勢力對皇室的威與批判，而於 1617 年頒布了《體育詔書》（Book of Sport），以法律列舉跳舞、射箭、跳高、保齡球……等等「無害的」大眾娛樂活動可以在星期天作禮拜以外的時間公開舉行，而且凡是批評這道法令的人們都將被嚴辦。《運動詔書》成為欲追求快樂之群眾（pleasure seekers）的保護傘，而此際皇室的威信也以這些人為靠山。表面上，這是英國皇室與清教徒通過體育活動而進行拔河，背後的政治較勁十激烈。

　　清教徒對於大眾流行的體育活動，抱持負面的態度。他們認為體育活動之目的是「理性的」，也就是體育活動只侷限於某些能夠保持身體效能的必要活動，而保持身體效能則是為了讓自己能夠好好地投身於工作，藉著工作來彰顯上帝的榮耀。少林寺的體育精神也與此非常類似，身體的自我鍛鍊乃是一種「工作倫理」。因此，清教徒所認可的體育活動，其實是帶有宗教價值的，雖然此時這種宗教價值已經與職業生活合而為一而具有現世的利益。在清教徒看來，任性取樂的活動它本身「只不過是」一種享樂，一種人類低層本能的開闖、衝

動本性的縱虎歸山，徒然喚醒人們的傲氣與賭性而已；例如觀眾在電視上觀賞球賽的心態即與「賭」相去不遠，都是藉由不確定性來激起興奮。後來，清教徒控制了英國國會，國會遂於 1643 年下令公開焚毀《運動詔書》。

三、現代體育活動眾生相

　　形形色色的體育活動已經成為現代生活的一環，但也正因為體育活動如此普及且老少咸宜，所以我們對於體育或運動的意義，已經視為當然而不假思索。路易士（H. R. Lewis）所著《沒有靈魂的那種卓越》（Excellence Without A Soul）

　　對於現代體育有些批判的看法，或許可以參考。

（一）集體認同

　　在美國，特別是體育球隊，已經成為特定城市的專屬標誌，例如洋基隊某種程度上就「代表」了紐約。因此，球隊的輸贏，已經不是球隊本身的問題，而是受到一整座城市之所有人的關注。如果球隊得到冠軍，市民

的歡聲將沖貫雲宵，「每一個人都成為英雄」；如果輸了，一夜之間大家都泡在垂頭喪氣的集體挫折感中。在國際賽事上，體育隊伍更成為國家的代表，集體認同的情緒在此飆到最高。因此，這裡首先出現的問題是，個人真的有必要將自我認同與體育活動之集體認同綁在一起，隨著球隊一起哭、一起笑嗎？再者，當「輸贏」在運動場上已經不得不成為最重要的關懷，再加上集體認同的壓力在背後吶喊，「輸贏」會不會更絕對地成為一種最高的、甚至取代其他價值的唯一價值？這真是體育活動之目的嗎？

（二）人格的養成？

　　體育運動是一種基於特定規則而形成體力的、競爭式的活動。就一般的說法，體育運動可以培養某些「價值觀」，如「積極」、「競爭」、「成就」和「團隊合作」等，而且相信這些價值觀不僅對運動員個人、而且對社會也都有好處，因為我們的「社會」也需要這樣的價值觀。這樣的說法，其實是可以再討論的。

　　體育圈，一如其他的「圈」，它本身就是個小社會，圈內人各有各的角色，各自也奉行著一定的規範。

競爭是體育圈內的規範，「同情」、「利他」可能就不是了，後者屬於慈善團體。如果「競爭」對於運動員或體育圈而言是有價值的，所以它對於社會也是有價值的；那為什麼慈善團體的「同情」就不能運用同一種推論？運動員在上場比賽時要求競爭，不比賽的時候，可否期待他對他人充滿同情？在作為一個運動員，和作為一個人，這之間是否存在價值衝突？

（三）體育即經濟

　　而今，體育活動無可諱言已經成為「經濟活動」的一種。門票、廣告、轉播、周邊商品、代言等等經濟活動所創造的收益不在話下，若把地上和地下的簽賭也算在內，體育經濟的規模早已不容小看。當體育運動包覆著重重疊疊的獲利算計，而今真的還有純粹的「體育精神」嗎？投手苦練球技的故事，是因為「苦練」、還是因為這樣的「故事」可以增加大聯盟的生意，而受到重視？此外，美國運動明星身價之高，也一直是學術界爭議的話題。

　　由於體育運動強調「一定要贏」，所以它和資本主義的商業邏輯其實是一貫的。因此根據統計，美國大型

公司的執行長，絕大部份從高中時期開始所參與的課外活動都是體育球隊。

（四）種族問題

剛開始的時候，美國黑人很難加入運動團隊，特別是在南方各州。而今情況倒轉了。在學校的學生會或學生領導團體中，黑人比例低於學校中的黑白學生比例，但在籃球、美式足球隊中卻遠高於學校中的黑白學生比例。（但網球、遊泳、滑雪仍是白人天下）這代表美國種族問題的好轉嗎？同時更值得注意的是，黑人擔任外野守的比例遠遠高於投、補手，黑人運動員轉任教練和球隊經理的比例也比白人低很多。

（五）性議題

直到今天，特別是職業體育運動仍然是男性的天下，網球可能是唯一例外。依尼馬克（J. Neimark）的觀察，女性在運動活動中所扮演的角色仍不外乎觀眾、啦啦隊、以及本身作為性獎品。男性在運動場上表現出來的男性氣概，基本上仍是肌肉與力氣的作品，所以比賽結束之後，男性也就更加「男性」。女性運動員在場

上必須也很「男性」或「不輸給男性」，但是下場後卻仍得在衣著打扮舉止上很辛苦地證明自己「仍然是女性」。優秀的女性運動員很少成為教練，更別說成為男性球隊的教練，甚至作一名現場轉播員也很困難。

事實上，美國超級杯賽事期間，女性被集體性侵事件的發生比例也跟著上升，許多涉嫌者正是運動團隊。這當中，網球和遊泳選手幾乎很少涉案，因為他們的運動性質不同於運動團隊。運動團隊基於「團隊精神」、「力量主宰一切」、以「得分」等最高價值，以及運動本身所培養的「男性」和「侵略性」等「職業倫理」，在「觀眾」（也就是其他共犯者）的歡呼下，似乎把女性當做球場或戰場上必須「摧毀」和「踐踏」的目標（也就是對手）。許多犯案的運動員對於集體性侵並無悔意，因為他們以為本身既是運動明星，也是女性狂呼尖叫的性感對象（猛男文化），因而對犯行加以自我正當化，加上許多案例也確實被法官認定為集體性遊戲獲判無罪，因此往往忽略此中極可能存在的強迫性。這並不是說「運動本身」有問題，而是美國社會將運動員高度明星化，這種文化可能造成了某些對女性不利的後遺

症。我們不願正視這樣的事實，否則在球場上、電視前的我們要如何盡情歡呼？

（六）大學的體育運動員

在美國，熱鬧的體育活動反而造成了教育上的兩難。體育賽事提供了轟轟烈烈的大型娛樂，但也動員了學校大量的人力、物力和經費；球隊為學校帶來的名聲與收入，實質上已經取代了體育在大學裡的教育目標。

大學運動員在高中的時代，學業成績往往已經不甚理想。運動員高中生對於大學生活，有著跟其他年輕學子一樣的憧憬，但是通過體育專長入學管道而進入大學之後，他們立刻被捲入更密集的練習時間，以便參加更密集的賽事，學生運動員的課業壓力也就更大了；不僅為了學生運動員而更改成績的事情時有所聞，而且學生運動員本身也期望能從老師手上得到若干「優待」或「特權」，畢竟他們替學校爭取到不少的名譽。但如此一來，無論教練、老師還是同學，更加繼續以「運動員」、而非「學生」的角色來看待這些人，而他們自己也這麼看待自己。因為必須花很長的時間從事體育訓練，他們不得不把自己從一般學生的大學生活或大學文化中自我隔

離出來，從而在心態上與一般同學保持距離（有些大學甚至連運動員宿舍也獨立出來）；久而久之，運動員學生最後連課業上的努力也顯得懶洋洋，或者在心態上充滿嗔恨，學業成績更往下掉的甚至終被退學。可以說，大學把這些「不合格的學生」從後門偷偷送進來，最後又把這些「不合格的學生」從後門偷偷送出去。大學運動員畢業後進入職業球團的比例是很低的，美式足球國家聯盟中只有三分之一是大學畢業。原以教育為目的的大學，會不會如此犧牲了這批運動員學生？還是運動員學生犧牲了大學教育？

當前美國大學中，體育教師的地位比不上教練，教練的地位又全靠比賽的輸贏，所以學校經常在少數運動員身上花大錢。這些現象，可能扭曲了大學體育的教育目標。大學的教育目標，即是十九世紀發展起來的amateurism；amateurism 可以翻譯成「業餘」，是就指它與「專業」（professionalism）的精神是不同的，而這個字眼的拉丁原意只是「愛好某種事物的人」。單純基於這種「愛好」，體育精神不僅應普及所有的學生，在動機上也不涉及金錢、獎勵、謀生、與競爭，而且它與傳統上的運動家精神（sportsmanship）是一體的。美國

和加拿大的大學聯賽組織 NCAA 至今還保留著《業餘條款》，例如大學球隊不可以和職業球隊接觸、球員不可以有薪水、不可以有超過實際開支的獎金等等。但即便是如此，美國大學體育聯賽已經成為當前美國的一種大學文化，球隊的培訓與賽事的安排，早已非常、非常專業。大學體育，到底應該是專業還是「業餘」，而體育活動是否可以增加學生「更高貴」（ennoblizing）的生命經驗，這似乎已經沒有人在乎了。

20 年輕人的反叛

　　本文整理自美國歷史學教授與專欄作家 Page Smith 的著作《把大學的精神殺掉》（Killing the Spirit）第 11 章。這本書強烈批判美國的高等教育，認為大學作為一個學術殿堂，而其文化精神與使命，也恰死於「學術」之手。就另一方面來看，台灣社會近十數年來似乎也醞釀著學生運動的能量，我們也可以從美國學生運動的過程中學習到一些經驗，或者一些相互比較的基礎。

　　1962 年保羅古曼（Paul Goodman）出版了一本書《學者之社群》（Community of Scholars），把大學描述成一個領地，由教授們小心翼翼地把守著。古曼認為美國的各個大學本來應該是一個一個的自治團體，而今卻在國家的層級上，各大學越來越一致，大學已經無有任何實質可言。然而另一方面，大學卻不斷擴張，就跟其他的現代機構一樣。由於教授們得到各自學系和聘

約的保護，他們不受學生或他人所影響，而同時社會大
眾也因為大學的符號象徵：教學大綱這麼肥厚、每年頒
發數以萬計的學位證書、一綑一綑的研究論文等，而也
感到滿意，放心地認為大量的高等教育正在進行中。同
步地，大學的行政單位也拼命地誇大它的績效，以求競
爭得利；大學已經像百貨公司，新的學系、甚至新的分
部不斷開張，買賣過程更加標準化而更增加其效率或銷
售能力。「教與學」（teaching-and-learning）已經不再
是老師與學生之間的傳統互動，這樣的互動處處受制於
各種外在的干擾與控制。大學裡的老師其實可以活得更
像個人，不過這將危及他們的職業。美國的大學生應該
可以得到更好的教育，如果他們聽從內心的鼓聲而離開
校園的話。古曼的書，後來成為美國各地對大學不滿之
學生的讀物之一。

　　1963 年美國加州大學校長凱爾（C. Kerr）出版了一
本內容完全相反的書《大學的用途》（The Uses of
University）。凱爾強調現代大學的廣泛功能及其來自四
方的不同客戶，包括念書的、重視社團的、玩體育的、
尋求職業訓練的、不馴服的、熱衷政治的、追求波希米

亞式生活風格的；凱爾強調這些次文化之間並非相互排斥，因為現代大學本是「多元大學」（multiversity）。

不過凱爾也並非沒有意識到問題，他也看出多元大學對學生而言，也是個困惑之地，不利於學生的認同感與確定感。事實上，當今的教授與學生看似擁有比從前更多的自由，但這是個帶有壞消息的好消息，更多的選擇意味著我們越來越沒有把握「教育或學習」這樣的核心概念到底是甚麼意思，而普遍產生了疏離的氣氛。當學生與教師之間越來越沒有實質的接觸，在這種情形下真正獲得好處的反而是教師，因為教師從教學轉向研究的機會越來越多，接案量也越來越大。過去曾經有人形容大學教授是無產階級，但如今的情況早就不一樣了。教授已經成為一種專業人，他以多元大學校園內的研究室或實驗室為生產基地，接案客戶遍及美國東岸到西岸。凱爾也承認，大學的功能雖然「多元」，但也已經很少有人從事「最終真理的保存與省察」的這一「元」。凱爾在書中下了這樣的結論，雖然多元大學本身並沒有單獨屬於它的靈魂（single soul），但是它的成員們仍投身於追求最終真理；正這個結論迅速激起學生的反對。

　　大學不被認為是個適合討論「最終真理」的地方，所以「最終真理」漸漸地退出學術討論、退出學術研究、退出教室，最後也退出零星的演講廳。對越來越憤怒的學生而言，「多元大學」非但沒有好幾個靈魂，而是它根本沒有靈魂，只見大量無法消化、無法理解的事實和理論堆積成山。學生不只看不出來大學如何奉獻於追求真理，而且學生跟他們的教授之間，連談話的時間也很少，四年下來教授們甚至也不知道他們的名字。凱爾校長主政的加州大學柏克萊分校是個規模龐大的校園，大學部的學生很難獲得適當的教育，至少遠不如 1965 年新設規模較小的聖塔克魯茲（Santa Cruz）分校，後者試圖以英國牛津大學為版本；雖然它的教師仍被期待進行研究與出版，但它更強調對於大學部學生的教學工作，因此學生乃是學校的「成員」（members），而教師則是學生亦師亦友的「師友」（fellows）。

　　凱爾校長的專長背景是經濟學與勞資協調，他不斷強調大學是「知識產業」（knowledge industry）的領頭羊，同時也暗暗讚揚大學與美國國防部（及其龐大多樣的經費補助）之間的密切關係，然而抗議學生的訴求迅速浮昇，反問製造更致命的武器關大學甚麼事？凱爾的

說法是，知識的生產要花大錢，而大學、私人研究機構、基金會和政府所構成的體系是充滿競爭性的，這意味著生產力乃是競爭的法門，同時通過「生產」，知識的進步將更快更好。當這種研究的規模變得越來越大，「研究已經導向為政府、工業、農業等提供服務，這些都是自然而然的，趨勢不可能逆轉」。凱爾的措辭，使用的都是資本主義語言，也是科技時代的語言。

不過這裡也要說明，其實凱爾自己也清楚感受到某些不對勁的地方，他坦承「大學部的學生漸漸不安」、「美國大學最近的一些改變對它幾乎沒有好處」、「初期的反抗已經開始了」、既得利益之教師群無論在「知識上還是制度上都越來越是一種『孤獨的群體』。」

1964 年秋天，學生的反叛從柏克萊校區的賽特門（Sather gate）溫和地展開，學生只是散發他們的資料，不料竟然被學校行政人員出手阻止，反抗頓時轉趨激烈，之後的學生示威、靜坐，與學校人員和校警發生衝突，幾乎成為每天上演的事件。柏克萊的學生反叛只是全國類似行動的第一槍，它間歇持續了八年。

至少就柏克萊的情形來看，它的大學部學生已經對學校越來越失望。把事件往前推十年，社會學家 N.

Smelser 發現柏克萊分校學生人數增加 80%，而教師人數只增加 18%，而且在性質上不屬於教師的「研究人員」從 565 人增加到 1430 人。大學部學生發現他們的授課教師越來越多人是屬於資淺的教師、兼課教師甚至擬似教師而已；這些學生認為自己被邀請進入這間菁英學府，卻只得到二流的教育。M. Meyer 研究越戰期間美國哈佛大學的「學生政治」問題，發現關於教育改革的呼聲日益明顯，學生抱怨學校規模太大、校園生活無人情味（impersonality），教師們太過專業化而且經常缺課；不過 Meyer 認為這些抱怨與學生運動之間是否有關聯則「缺乏研究證據」。

　　學生反叛運動的另一背景則是發生在美國南方的民權運動，連北方的學生也被「學生非暴力協調委員會」（SNCC）招募去南方加入活動，衝擊種族隔離的社會文化。越南戰爭在這場學生運動的初期角色不大，但日後卻越來越重要。反對美國參與越戰的學生，認為美國大學所宣示的「自由」理念只是一種偽裝，掩飾財團和軍事集團對於美國社會的控制，而大學不只是「軍事／工業複合體」的工具，而且是這個特定結構的主要支柱。凱爾的話，經常被學生引用：「大學和工業部門越

來越相似，當大學越來越連結到這世界的工作，教授的角色就是企業家……這兩個世界已合而為一……大學即是行政規範和金錢所加持的力量，所集結而成的一種機制。」學生經常引用的還有密西根州州長 J. Hannah 的話：「我們的學院和大學，必須是國防的基地，必要於保衛我們的國家之超音速轟炸機、核能潛艦和洲際飛彈的這種生活方式。」

　　哥倫比亞大學學生在 1968 年發表了帶著馬克思主義味道的《哥倫比亞宣言》，認為財團的利益，與戰爭和帝國主義相互掛勾，如今他們同樣也掌握了大學。在學生們看來，那些打著自由主義旗號的教授都是懦弱的；當然其中有些教授們私下是支持學生的，但也坦承這樣的支持在公開場合不被許可。學生的宣言寫道，在他們的公社成立之前，教育體系是有系統地趨向把每一個人隔離起來，誘導個別學生走在追求物質利益、得到好成績和學位、得到推薦信之孤單的路徑上；龐大的戰爭預算已經把大學收買下來了，大學「學術中立」立場已遭到普遍質疑。

　　學生在宣言中也提到，他們嗅出、品嚐到、也觸及到一個新的社會，這個社會的每一個人都不是碎片，每

一個人都至關緊要，而社會需要的是每一個人，這些言論到今天可能仍具意義。至於學生運動遍地開花引發的各種「革命」呼聲，以及學生對大學「暴力」相向，學生對於這些批評的回答則是，美國政府在幾千英里之外正進行著暴力，而我們的大學則是幫兇。同時，我們也無法把綠扁帽、中情局、神經毒氣、化學武器等現代暴力與現代帝國主義區別開來。學生認為本世紀最惡毒的犯罪不是激情，而是知識，它來自實驗室之最理性的知識。

1969 年學生成立了「新大學會議」，針對學生運動「正在摧毀大學」的批評提出反應：「如果大學的意思是說它以其勞動與知識貢獻於公益，確保生命與自由，則我們非但不是摧毀大學，而是正在試圖建立大學。」然而此時在行為科學與麥卡錫主義風潮下，大學教授只能為提出問題而提出問題，其實是躲在善惡難分的藉口中逃避善惡問題。大學不能夠「價值中立」，它可以選擇好的價值，可以選擇壞的價值，但是不能假裝忽視它的行動本身正在履行的某種價值，而美國大學的教學對於這些重大關鍵問題卻保持沉默；真正的差別不在「實行家」與「思想家」之間，而在堅持知識應有利於人

性，和拒絕這麼做的人。世間沒有「價值中立」的思想與研究，有這種想法的則是自欺欺人。

加州州長雷根也提出他對於學生運動的詮釋，認為整個學生世代對於他們自己彷彿置身於知識工廠和學位生產線，大學生活與自身的夢想無關，而感到失望甚至怨恨。研究與出版的重要性應該放在教學之下，而大學的評價應該是看它教出來的畢業生的品質；可惜的是，加州大學帳面上雖然有許多的大師，但是實際教課者的年齡卻沒有比學生大多少，學生感到自己是無名者，老師根本不知道誰今天翹課。雷根的言論可能不是出於他本人之手，而是柏克萊畢業的學生擔任他的秘書，但是事態的發展一如諾貝爾醫學獎得主 George Wald 所言，整個教學與學習的過程，「有些事情已經酸臭了」。

Jacob Bronowski 在一場「追索世代差異之意義」演說中，認為抗議本來就是人類抱持不斷進步的古老工具，而眼前美國年輕世代的抗議，在措辭上看似革命的，但內容卻是悲哀的，目標也是合情合理的。整個一代的自由派學者，在學生眼中只是偽君子，自由理念只是一套老掉牙的神話，這個古老的真理已經找不到基礎了。Bronowski 認為學生運動只是在追索這個我們大人

已經遺忘掉的「古老的真理」。柏克萊的 P. Clecak 認為學生在校園中找不到認同，也缺乏群體意義，無論師生都不具個性。

不過，大部分教師對於學生的批評都無動於衷，也不認為學生有權利期待他們成為甚麼樣的角色；大學領導階層對於學生批評它成為政府控制人民的工具（包含政治說服技巧等研究案）等看法，基本上也可以說毫無反應。到了 1973 年學生運動已經消沉之際，許多對於過去幾年學生運動的回顧與研究，立場反而傾向於認為重視教學訴求等於抹煞研究型教師的特權等；在保守意見的反撲下，結果是是二流、甚至三流的研究如洪水般湧至，而教授教課比例也越來越低。

事實上，學生的反叛、反文化運動和迷幻藥之間的關係也是很重要的。許多學生運動的領袖都在嗑藥，我們無法忽視迷幻藥和意識之間的關係，因為藥物讓人們直接穿透了各種虛假的面具，而直達本心。這裡並不是說學生因為嗑藥而攻擊他們的大學，而是說嗑藥之後的心理狀態，與學生運動的訴求是非常類似的。之所以把問題拉到這裡，主要是強調學生對於美國高等教育的反

叛，其實有著兩種不同的形式，一是學生運動的那種攻擊類型，一是攻擊的相反，也就是退出。

　　1964 年，柏克萊的學生領袖 M. Savio 宣稱他們已經創造出了一個「愛的群體」（a community of love），取代了教師與學生互相不真正往來的校園；而這正意味著某一種情緒的普遍流行，那就是疏離。為了克服這種普遍的疏離感，好些群體正如雨後春筍般發展開來，當然，其中許多群體是反對嗑藥的。1967 年是反文化運動的高潮，成千上萬的年輕男女放棄原本的中產階級生活、都市生活甚至研究所，而進入各類的公社；這些公社的政治性很強，但宗教性更不可忽視。尤其是東方宗教如禪宗、藏傳佛教、伊斯蘭密教等紛紛興起，而從基督教體系內興起的，更屬基本教義組織。這些林林總總的群體有一共同特色，那就是之前流行之隨便的性關係與吸食迷幻藥，在這些新的宗教群體中不再是首要的訴求，它們更強調的反而是彼此開放與分享，關切的是有機食品與生態環境，以及精神的體驗。這就是新時代（New Age）運動的興起，它最核心的價值就是「重視精神」，不需要任何人來規定我和上帝之間的關係，彷彿上帝是在我之外；上帝不在我的外面，祂

在我之內，我可以直接和祂互通。有些宗教群體更有著
偉大的導師，例如印度的 Krishna 或韓國的文鮮明等，
影響力遠遠超過大學教授。

　　新時代運動的內容當然很複雜，但基本上它反對任
何形式的外在世俗權威，而這樣的權威也包含大學在
內。新時代運動所訴求的，剛好都是大學所排斥的那些
「非理性」的東西；由於大學對於「理性」和「意義」
的定義過於狹窄而排除了宗教與倫理，最後大學就被這
些宗教與倫理群體給排斥掉，所以也可以說，其實是科
學主義創造了反文化。甚至，有一些宗教群體的成員都
是受過高等教育的人。一份奧瑞岡大學的研究報告指
出，美國新時代各種宗教群體成員的平均年齡是卅歲出
頭，百分之八十來自中上階層，其中的家長多半都是大
學教授或企業領導人；百分之七十五都是大學畢業，百
分之十二擁有博士學位，一半來自基督新教的家庭。事
實上在 1970 年代中期,跑去印度追求精神啟蒙的法國年
輕人已經超過 25 萬，這一現象在英國、德國也很普遍，
這些人都是高等教育的產物，關心社會議題而帶有理想
色彩，不像美國「淺碟」大學生那樣只想搞大學社交或
運動，卻在知識上平平而已。這些新興的宗教顯現出

一件事情，那就是一如我們有食物與性的需要，我們同樣也需要「相信甚麼事情或相信甚麼人」（the need to believe in something or somebody）。然而，當一顆心是這麼激情的時候，它就容不下歷史。

就歷史來回顧，第一次世界大戰之前美國社會一度也是充斥酗酒、嗑藥、性解放、自殺和疏離感，在這樣的氣氛下，許多受過高等教育的中產階級年輕人忽然就「愛上」了馬克思，這個趨勢反而要到經濟大蕭條時期才反轉過來。這裡雖然有著「無階級社會」的夢想，不過別忘了馬克思主義也並非只是烏托邦，它的背後仍是一種「科學的社會主義」，不見得不在西方的傳統之內。然而問題是，愛上馬克思之後，接下來要愛誰？當今學生們的「集體牙疼」沒有得到重視，所以他們走掉了，轉向印度的聖哲；他們背向自己的西方傳統，親近東方的教誨，這回他們愛上了愛（This time they fell in love with love）。這些參與東方宗教的成員，都是大學教授們的從前的學生，教授們能不負一點責任嗎？然而，被我們責備的是學生，而非教授。

把美國社會在文化、心理和宗教上的崩解完全歸咎於教育，無疑是過於簡單的做法；但是，高等教育終究

是和價值方向息息相關，而且學生所追求的正是大學所排斥的東西，這才是關鍵。P. Berger 直言大學教授和知識分子一心在意的其實都是「無聊」（boredom）的東西，無聊的結果就是學生的集體出走，因為別的地方才符合他們的「需求」。

抗議有兩種形式，主動的和被動的；它不只向我們的社會抗議，同時也向我們的大學抗議。1960 年代的學生運動希望推動大學的改革，終究仍是屬於體制內的活動。一部分學生運動轉向新的宗教崇拜，他們從根本上拒絕了大學這種理性與科學的世界，它乃是一種否棄的政治（politics of denial）。

於是我們可以合理的提出這樣的問題：我們的大學可能存在何種真正適當的教育，而可以使我們的學生免於受到這些宗教大師的影響嗎？

21　恐怖主義

　　恐怖主義已經改變了現代生活，但也同時刺激我們去思考一些過去可能不曾嚴肅思考的議題。對於恐怖主義，單單以善惡二分的論斷來「判」它有罪，完全無法解決問題。B. Barber 所著《聖戰對麥克世界》（Jihad vs McWorld）的導論，對於恐怖主義有著略帶歷史縱深的剖析，以及涉及我們在價值觀上可能需要面臨的反省，值得我們靜心思考。

一

　　要解決恐怖主義問題，軍事手段不可能完全辦得到，反而是要看我們有多少決心要去實現民主與正義。

在這裡，聖戰是指國家層次之下的部落主義或者基本教義（但基本教義派並不等同於回教）之分散力量，一如隨機挾持人質的恐怖分子；而麥克世界是指現代經濟和文化全球化之後的整合性力量，一如麥當勞流行於全球。在聖戰與麥克世界的交戰狀態中，實際上被犧牲掉的，就是民主。如果民主意味著多元與自由，則無論聖戰或麥克世界，都是某種文化一言堂的獨白。

二

911 事件翻開了聖戰與麥克世界交戰局面的新頁。小布希總統隨即在國會發表演說，強調「我們一定會將恐怖分子帶到正義之前來正法，或者我們會帶著正義去找恐怖份子」，這樣的演說雖然符合美國人的心理期待，但基本上仍是復仇的語意。不過，我們需要的與其說是「復仇的正義」，不如說是「分配的正義」。

我認為恐怖分子的特徵，是他們厭惡現代；現代的內涵是啟蒙運動以來的世俗化、科學化、理性化和商業化文明。這樣的文明，同時被現代所訴求的高貴理念（自

由、民主、寬容、多元）和它的邪惡（不平等、霸權、
文化帝國主義、物質主義）所共同界定。後者代表剝奪
或被剝奪，而恐怖主義則象徵全球化之被剝奪的版本。

　　在麥克世界來臨之前，民主的主權國家具有相對的
獨立性，多少可以控制一般公民的生活型態。西方先進
國家受惠於麥克世界，同時也希望所有的事物進一步私
有化與商品化，第三世界人民直接面臨這種壓力，但他
們的國家卻無法保護他們。賓拉登的自殺飛機撞擊五角
大廈，五角大廈是美國國家主權的象徵；賓拉登撞擊世
界貿易大樓，世貿大樓是全球化的殿堂。資本投機客歡
迎國家失能下的世界秩序，恰好恐怖主義也是。聖戰（部
落）和麥克世界，都在做相同的事情，那就是瓦解國家。
但值得注意的是，當全球化摧毀了個別國家的力量，甚
至帶來無政府狀態與社會失序，弱國社會的絕望感正好
是恐怖主義的溫床。

三

美國公民並不知道恐怖分子正在憤怒、怨恨的大海中掙扎，對於美國遭受攻擊而阿拉伯世界人民竟歡欣鼓舞，美國人也感到莫名其妙。

小布希總統威脅說：「你要站在我們這邊，否則你就是站在恐怖主義那邊」，他把世界強迫二分為善與惡，要脅全世界選邊站。其實，時到今日，應該不是整個世界應該加入美國，而是美國應該加入世界才對。美國需要與世界上其他國家相互依賴，總統的措辭剛好相反；但若堅持國家主權的自主性，這也是美國同樣做不到的。

美國自身歷史上有其《獨立宣言》，但是在今日國際世界中，大家需要的是新的《相互依賴宣言》。沒有任何國家可以依靠大片海洋隔絕氣候變遷或瘟疫流行，沒有高牆可以阻擋腐敗勾結與復仇烈士；當各種痛苦開始全球共享，這可謂苦難的民主化。好吧，既然全球無法共享正義，那就一起共享不義吧；無論物質面還是精神面，如果全人類無法共享富裕，那就共享貧乏吧。這

是相互依賴的現實給我們上的一堂課,而上課的老師則是恐怖分子。

美國可以說是個最具地方性格的的帝國了。沒有哪一個民主家像美國一樣擁有護照的人數是這麼少;相對於 GNP,沒有哪一個先進民主國家的國際援助比例像美國這樣低;作為一個多元種族與多元文化的國家,美國獨自一元的文化竟然又這麼強,有意學習外國語言的人數這麼少。美國的敵人會說美國的語言,美國不會說敵人的語言,美國大學甚至已經不太開設「傳統友好國家」的語言課程,太多博士班也放棄外國語言的要求,只在數據和統計方法上自我滿足。統計有助於計算屍體,無助於減少屠夫。當今的美國,在國際相互依賴方面實在缺乏創造性,以致一旦不如美國所願,美國就掉頭走人。美國本來就應該參與世界的,如今卻閉鎖在飛彈盾牌的後面。

小布希總統不只逼迫大家攤牌,2003 年更揚言是因為「自由是上帝所賜予的禮物」而出兵伊拉克,以文明和宗教詞彙來包裝美國的立場。然而麥克世界的文化本來就是一種柔軟的帝國主義,被殖民者「選擇」加入這個大團隊。第三世界人們看起來好像也很同情美國的

遭遇，但長期來看，他們也是全球化暴力的受害者。如果這真是一種所謂選擇的話，那麼它的前提應該先是存在許多不同的選項；應是生態多樣化，而非單一而不得不的選擇。美國過去十幾年來不斷強化它的單邊意志，不斷將他人妖魔化而為自身辯解，美國人不知道自己錯在哪裡，而他們的無辜正好被視為虛偽。繼續毫無忌憚的資本主義，將伴隨著同樣毫無忌憚的恐怖主義。

「麥克世界的敵人」中到底有多少人是現代處境的受益者？有多少人是真心誠意的共產主義者？有多少人要的只是多一點點的公平而已？有多少人其實並不反對資本主義的生產力，而只是抗議已開發國家動不動就訴諸民主自由而獲得最大的利益？最後說起來，這些抗議者的目標並不是「美國的民主」，而是「美國的偽善」。當然，要負責任的絕不只美國。

對應於恐怖分子的基本教義，索羅斯曾說私有化意識形態同樣也是一種「市場基本教義」。市場全球化，與公民、宗教、家庭等公共美德毫無關聯，無怪乎教宗保羅會說，「你到處都聽到有關金融秩序、國際破產法、透明化……等等的話題，但是你聽不到有人談論『人們』……20 億人每天所得在 2 美元以下……我們生活在

一個越來越糟、越來越糟的世界裡。」私有化決定一
切，如果物種的基因密碼可以被販賣，為何婦女和小孩
不能被販賣？難怪教宗保羅惠感嘆說，人類正面臨著一
種新的奴役。

四

　　杭亭頓教授有個非常出名的說法，認為當前全球的
問題是文明與文明之間的鬥爭。從基本教義派的主張和
美國等霸權國家的對立看來，又特別是從宗教文明的相
互敵意來看，情況似乎也是如此。然而，我認為與其說
它是兩個或多個文明之間的鬥爭，倒不如說它是同一個
全球文明之內的衝突，正相互辯證地開展著。這樣的全
球文明，無疑地是由麥克世界所開創的，但是缺少了媒
體、信用卡、網路、銀行體系、現代科技，賓拉登還有
辦法活動嗎？恐怖份子只是在偏鄉向你扔石塊而已嗎？
正是這麼「一個」全球文明，讓每一個人都獲益，也同
時付出代價。

五

911 事件發生之後，美國有人揚言要將反全球化的抗議者視為恐怖分子的同路人，認為他們是當前「世界秩序」的搗亂者。不過，這批搗亂者好像也都是在麥克世界裡長大的；同時，這些抗議者的訴求也不是恐怖主義，反而是民主，因為他們憂慮的不是「世界秩序」而是「世界失序」。

當恐怖分子變成虛無主義者，進而成為看不見的敵人，而美國又要消滅這種「幻影」敵人，它的後果則是美國更得完全依賴專業軍人、情報機構和外交合作。相對來看，美國公民在這場「國家戰爭」中只能站在邊線外，當一個焦慮的觀眾，而毫無參與的空間。全球市場並沒有帶來公平的利益，如果這場戰爭是全球「分配正義」或宗教多元主義的民主之戰，那麼，每一個美國公民就可以是參與者了。換言之，要解決聖戰的問題，就同時要解決麥克世界的問題。

六

　　回顧歷史，資本主義自由市場的發展是和民主政治的發展是息息相關的，而且民主政治乃是資本主義的發展前提，而非資本主義是民主政治的發展前提。自由競爭的市場，同步有助於自由競爭的政治，但這是在民主制度的孕育下才能產生的良性循環。民主國家在契約和企業方面的法律規範，削減了資本主義的達爾文主義，而不受規範的達爾文主義則最後將導致不具資本主義精神的利益獨佔。然而在全球的層次，我們看不見民主和資本主義同步對稱發展的狀況，只見到市場全球化而超越國家的控制，卻不見民主的全球化，後者需要主權國家作為基礎。原本運作良好的民主國家，其功能也在減退，公共利益的把關能力日減，私有利益越來越得勢，同時犯罪、毒品、色情交易、武器的全球化速度反而更快，這當中最大的受害者就是兒童。在貧困、疾病與飢餓的環境下，兒童不是未來的公民，而是未來的恐怖分子。

　　公民退場，化身為消費者，但消費者並不是公民之好的替代品，一如企業執行長並不是民主政治家之好的替代品。

　　民主，不只是有關於選擇，而更是有關於「公共」，因為它處理的正是私人選擇所造成的社會後果。只有民主能夠樹立社會的公平正義，私有市場做不到。以盧梭的話來說，只有全球的公民參與到全球的總意志中，恐怖主義才有馴化的可能。

　　有許多事情，政府鐵定做不好；但有許多事情，也只有政府可以做，例如保護、輔助、規範、或重分配。不是政府對甚麼人偏心，所以做這些事情，而是因為這些事情是公共事務，政府在這些事情上必須對我們負責。政府該做的事，還包括教育、交通、照護、健康等等，同時也包括對恐怖主義宣戰，建立公平的國際秩序、提供每一個人平等的機會等。結論就是，對於恐怖主義的戰爭，同時也是為了真正的國際公共利益而對抗麥克世界的戰爭。單單聖戰和麥克世界之爭是不可能有結果的，必須是民主與聖戰之爭加上民主與麥克世界之爭，才能為這個地球贏得一場符合正義的勝利。一個符合正義、多元並存的民主世界，將會把商業和消費主義

放回到它應該的位置，而把空間還給公民社會的宗教，宗教活動一如消費活動同樣受到保障。保護文化價值並不與自由衝突，而是自由的一部分。在這樣的民主世界秩序中，已經不需要聖戰，因為宗教信念不需要執槍之士來捍衛它；這樣的民主世界對麥克世界而言沒有好處，因為每個國家的電視台和每個人都會抵抗麥克世界。當聖戰與麥克世界不再是如此突出，恐怖主義不一定會全然消失，因為它存在於每一個人類靈魂的黑暗深處；但是，我們所有人將會更熱愛生命，而不至於把宗教與死亡崇拜混為一談。

當恐怖分子說：「你的小孩準備好好活著，而我的小孩已經準備去死」。我們應當的回應是：「我們將共同創造一個人人可以共享豐富人生的世界，在這樣的世界中，死亡教育將會失去吸引力。」

22 民主的專制

　　托克維爾（Tocqueville）寫作過一本經典，叫做
《美國的民主》（Democracy in America）。許多人聽過
這本書，但不曾翻過這本書，只因為望文生義地認為它
不過是一本「讚美」美國民主的老套著作，而我們的世
界最不缺乏的就是讚美民主的著作。此外，民主與專制
似乎是不能擺放在一起的兩個對立概念，但托克維爾的
說法卻有所不同。以下，保留托克維爾第一人稱的自述。

　　我停留在美國期間就曾說過，一個社會中的民主國
家（a democratic state of society），近似於美國吧，有
可能是造就專制體系（despotism）之最佳工具。當我回
到歐洲後更清楚認識到，這樣的狀況乃是如此被大多數
統治者和國家所盡情發揮，同樣的社會處境（social
conditions）創造出這般相同的情緒需求，進而滿足了
政府擴充權力範圍之目的。

　　羅馬皇帝的權力如日中天之時，帝國之內不同民族於風俗習慣上仍然可以保有重大差異；雖然臣屬於同一個皇帝，但大多數的省都是個別管理；各民族大量繁衍於各個富有力量而且活躍的自治城市裡。雖然整個帝國政府掌握於皇帝一人之手，必要時他仍是所有事務的最高裁定者，然而社會生活與私人職業之種種細節，大體上仍在皇帝的掌控之外。無疑地，皇帝確實握有廣大而無有制衡的權力，這樣的權力讓皇帝可以滿足其隨機動念之喜好，為達此目的甚至可能動員整個國家的力量。皇帝們經常隨意濫用這樣的權力來剝奪人們的財產甚而生命，然而他們的暴政對少數人而言極其難堪，但實際上卻沒有衝擊到多數人；暴政實侷限於少數的主要項目，其他的項目則被忽略；它確實是暴力的，但它範圍有限。

　　假如專制體系果真在當今民主國家之中樹立起來，則此專制體系似將呈現出完全不同於以往之特質；它更溫和，但影響範圍也更廣；它不致虐待人們、但又足以貶抑人們的尊嚴。我不懷疑，在一個如我們這般之充滿教化的平等時代中，統治者將更容易把全部政治權力收

握在手，同時與傳統君王相較，現代統治者更習慣而自然地、同時也更明確地插手私人的事務。

在極端地歡騰，或遭遇重大危機時，民主的政府可能變得很暴力、甚至很殘忍，所幸這樣的時機不多而且短暫。每當我想著當代同胞的小小熱情、其態度之溫和、其受教育的程度、其宗教信仰之純淨、其道德之高尚、其規律勤勉的習性，以其他們全部人對於邪惡與美德之節制，我毫不懷疑當政府在統治上變得專制時，他們反而會是這個專制政府的護持者。

因之，我認為威脅民主國家之那一類的壓迫（oppression），並非以往之壓迫可相提並論的，當代人在記憶中找不到那種典型。我試著精準地傳達我對於這種壓迫的完整想法，但終究徒勞無功，因為舊的語言如專制或暴政其實都不合用。這壓迫之本身乃是新的現象，我無以名之，但必須試著定義它。

我嘗試追索在當今可能出現之專制體制之前所未見的新特徵，首先吸引我觀察到的，就是這麼廣大無數的人們，人人平等而相似，人人熱切追求小小的、甚至瑣碎的歡樂來滿足他們的生活。就個別來看，面對所有人之共同的命運，每一個人，都只不過是一個陌生人；他

的兒女和私交構成了他的整個世界，至於其他之同為公民者（fellow citizens），他離他們不遠、卻也看不見他們，他接觸到他們、卻沒有感覺；他只活在自己之內，也只為自己而活。

這群眾之上，站立著一個巨大的監護力量（tutelary power），它自以確保大眾之滿足與看護大眾之命運為己任。這力量是絕對的、管得很細的、周而復始、眼光高遠，而且是溫和的，好似父母一般的權威。父母權威之目標在讓孩子長大為成人。然而正好相反，這樣的權力卻使人民永遠保持在孩童狀態。它滿足於自以為人們應該要為什麼樣的事情感到高興，除了高興和滿足之外，假定人們就不會有其他想法了。這樣的政府很願意致力於滿足人們的快樂，但它自己乃是致力於此的唯一單位，同時也是何謂快樂之唯一裁定者。它監看著，並且供給必要的工具強化人們的愉悅、管理人們的重要關切、引導他們勤勉、規範財產的繼承與遺產之分配：除此之外，無論如何，它總是不勞人們去思考、不讓人們在生活上遭遇任何麻煩。

如此一來，人，作為一個自由人，他的自由越來越沒有用途，因而也越來越少用。這樣的政治權力限縮自

由人的意志於小小的範圍中，而逐漸剝奪人們之自己使用自己（the use of himself）的機會。它料定了人們會願意接受這些安排，也樂意把它們視為獲得的好處。

成功地把每一個人納入掌握後，這至上的力量，將其雙臂伸向整個共同體，以細緻、複雜而統一的規則，覆蓋在整個社會的表面，使得最富原創性的心智和最有活力的個性也無法穿透這層覆蓋而拔高到群眾之上。人的意志，沒有被揉碎，而是被柔化、被彎曲及被導引。人們通常不是受到它的強制而行動，而經常是被溫柔地約束而不去行動。這樣的權力不是摧毀、而是防堵人的存在（it prevents existence）。它並非施暴，而是使人們置於壓縮、遲鈍化、滅絕與失去活力，直到每一個國家不過就是一群群唯唯諾諾、勤勤懇懇的動物而已，而政府則是牧主。

我認為上述的這種奴役，更容易與某種「表象形式之外在自由」相結合，甚至可在「主權在民」的羽翼下成立。

當代人們往往被兩種相互衝突的熱情給弄得興奮不已，一是希望自己之繼續被領導，二是希望自己仍是自由的。當這相反的兩種傾向不能毀去其一，則人們設

法兩者兼得。於是人們發明了獨一的、監護式的全權政府，重要的是它乃是由人們自己選舉而產生，或者也是由選舉出來的國會在監督著，於是人們就把中央集權與主權在民給結合了起來，這也讓他們暫時鬆一口氣；即便處在監護之中，但想著監護者是他們自己選擇的，內心便感到一絲安慰。每一個人任由自己套上兒童學步安全繩，因為認為不是哪一個人或哪一群特定的人，而是人民之本身，正在拉著繩練的後端。

　　基於平等原則而成立的政體，終於在行政上形成專制。由於政治在大方向上是民主的，行政上的「小問題」將不影響人們的自由；對此看法，我並不這麼樂觀。在這樣的環境下，那屬於人們的特權，將越來越不能夠、或不習慣於行使。結果是，天下沒有哪一個自由、明智和充滿活力的政府，可以來自馴服之人民的普選。

23　街頭的凱撒與政黨的凱撒

　　本文整理自德國社會學家韋伯（Max Weber）的
「公民投票之領導風格與國會控制」（Plebiscitary
Leadership and Parliament Control），該文取自韋伯《經
濟與社會》一書。此處 plebiscite 指的是公民以投票
的方式直接選舉國家領導人或決定相關的人事與法案，
而國會內閣制則是公民選出國會議員，再由國會產生
國家領導人（首相）。

　　在朝向大眾民主（mass democratization）發展的趨
勢下，政治領袖已經不再因為他來自「貴族圈」或者他
在國會中的表現成就非凡，就可以成為國家領導人。如
今，這樣的候選人將藉著他的煽動能力，獲得社會大眾
的信任，甚至崇拜。這是一種朝向「凱撒式選舉模式」
（Caesarist mode of election）移動的大趨勢，每一個民
主國家都不免如此。

　　凱撒式的選舉，並非一般的投票而已，它得勢的技術是靠公民投票，靠著公民投票而使大眾虔誠相信此人之成為政治領導人，乃是出於上天的召喚。事實上，任何以公民普遍選舉直接選出國家最高領導人（包含美國總統的選舉在內），或者任何把信心交付給大眾（而非國會）的政體，多多少少都是朝著這種凱撒式風格形式前進。這種形式的政治領導，基本上是反國會的，它勢將削減國會的權力。

　　雖然如此，國會仍不是個毫無用處的組織，雖然民主國家中真正重大的政治決策依然出自少數人。我們見證從雅典到今日的歷史，無疑地，凱撒式選舉模式正在勝出。在美國若干大都會中，許多的腐敗現象都是靠民選的獨裁者，而不是靠市議員，才能矯正。依據大眾的信任與授權，市長才可以組織他自己的行政團隊，大眾對於他們所信任的領導人也無條件地臣服。在這樣的情勢下，甚至有人喊出「取消國會的民主」（democracy without parliament）之口號。

　　如果真的取消國會，實際後果是威權的官僚體系（authoritarian bureaucracy）將取而代之。相對於言，凱撒式選舉模式乃是一種「被動的民主化」（passive

democratization），某些團體將會比大眾來得更「主動
參與」。於是在經濟上，利益團體看起來好像也受到國
家官僚體系的控制，但結果可能是更加自主，因為他們
有國家官僚體系的支持，到最後相關公務員反而受到這
些以利潤為導向之企業的監管。由於取消了國會，公民
缺少了可以號稱「代表他們」的機構，所以一般公民也
沒有制衡上述趨勢的管道。因此，只有國會能夠制衡行
政。

　　此外，無論對人還是對事，公民投票式的政治運作
有一個內在的限制，那就是公民只能表示「同意」或「不
同意」，結果一翻兩瞪眼，毫無妥協的餘地。然而，妥
協正是國會的機能。此外，若以公民投票作為政策的定
奪機制，則政黨的角色自然開始弱化，公務員本身的專
業責任也一樣。不過呢，內閣制國家的公民處境也好不
到哪去，在選舉中，他們只能在各政黨已然提出的政策
現貨當中加以選擇，這對公民的政治教育而言，其效果
也令人質疑。

　　如果要迫使公民持續地、審慎地關注公共事務，強
迫式的公民複決或許可行，必要時甚至可以幾個月之內
舉行十幾次公民複決，來提升大眾的政治教育水準。然

而要讓選民在長長的名單中選舉行政部門的各個首長，雖然常言道一個人不必成為鞋匠也知道鞋子合不合腳，但長久下來公民也會疲憊而漸漸冷漠，而且問題的一方面是這些候選人平常根本就不認識，另一方面則是受到大眾青睞的人選是否真的足夠專業資格來從政也是問題。特別是後者，如果不適任，責任要算誰的？相對而言，內閣制國家的行政首長由首相來任命，首相就必須對他們的工作表現負責。

　　並不是被動的大眾產生了政治領導人，而是政治領導人贏得大眾的支持；以目前德國的情況而言，德國的政黨能夠培養出這樣的領導人嗎？目前的政黨大老們（party bosses）只在意如何穩住他在官僚體系裡的職位，除了僵硬的宣傳性文句外，他們腦海裏頭沒有任何新的思維，說穿了這些職業政客乃是依附政黨「維生」而已。這些人只要權力，不要榮譽、不要責任，所以他們也漸漸過時。

　　但英國的情況就不同了。事實上，英國雖是內閣制，但當前英國首相勞和喬治（L. George）的職位已經不是單單依靠國會或其政黨的信任，而是以全國大眾的信任為基礎。英國的政黨迫於形勢，不得不創造出配合

大眾民主的凱撒，以贏得大眾的信任。這樣的凱撒若能
居於國家領導者的地位，這同時也是該政黨的權力機
會。在英國，國會不構成這般凱撒式人物爬升至權力頂
端的障礙，心知肚明政黨若欲執政，就必須臣服於這個
有潛力能夠博得大眾信任的人。反過來說，當這樣的人
物來自國會，在國會中經過訓練而步步爬升，也證明他
能贏得大眾的支持，他反而懂得尊重國會。他的終於出
現，乃是經過政黨與國會議員的篩選，這是靠能力，而
非煽動大眾情緒而得致；當這樣的領導人面向群眾，
就帶有「政黨的凱撒」性格了，而不是僅僅、直接訴諸
街頭的群眾。

　　一個強而有力的國會以及真正負責任的政黨，它們
的功能就是要把這樣的政治家找出來，而這也才是國家
政策能夠持續且一貫施行的堅實基礎。

24 論自由 On Freedom

翻譯自 Kahlil Gibran（1883-1931）的《先知》（The Prophet）（1923）中的一首詩

在城門口、在爐火旁，我始終看到你們伏倒在地，
對你們自己的自由，進行膜拜，
甚至宛如像奴隸一般在暴君面前無比謙卑，
即便受暴君屠宰而仍讚美他。

唉，在廟宇樹林間、在城堡陰影下，
我始終看見你們當中最自由的那些人，
穿戴著他們的自由，好似穿戴枷鎖手銬。

我的心，在裡面滴著血；
因為只有當你們感到追求自由之欲望

對你們而言反而已經變成一副牛軛馬具，

當你們不再把自由當作一種目標和成就來高談闊論時，

你們才是自由的。

當你白天並非沒有牽掛、

深夜並非毫無夢想和悲痛，

而是當這些事情糾纏你的生活，

而你仍超脫在它之上，如身體一絲不掛而不受束縛，你

才真正是自由的。

你所謂的知識，宛如枷鎖，

天一亮就把你束縛到正午，

若不砸碎它，你們怎能超脫你們的日日夜夜？

實際上，你所宣稱的自由，

正是這些鎖鍊中最堅固的一副，

雖然它的環扣在陽光下閃耀而眩惑了你的雙眼。

你追求自由，因而想摒棄的，

難道不正是你的自我的一部份？

如果那是你想廢除的惡法，

這法律正是你用自己的手寫在自己額頭上。

你無法燒掉律法文書而消滅法律，

即便你傾注以大海，也不能沖淨你的法官的額頭。

如果你想推翻的是一位專制君主，先看看

建立在你心中的龍椅是否已被摧毀。

除非人們自己的自由裡有沒專制、自尊裡沒有自卑，一

個暴君如何可能統治自由而有尊嚴的人呢？

如果你想要擺脫的是一種憂煩，

那憂煩也是你自找的，而非強塞給你。

如果你想要驅散的是一種恐懼，

那恐懼在你心房裡早就有了座位，

它不在你恐懼之對象的手中。

說實在的，你盼望的和恐懼的、厭惡的

和珍惜的、追求的和逃避的，

在你生命中起作用的這一切，總是虛虛實實。

這些起作用於你的種種，

如同光和影，成雙成對彼此貼合為一。

當影子漸漸消失而終於不在，

殘留的餘光即成為另一道光的影子。

你的自由也是如此，當甩開了它的手銬腳鐐之後，

你的自由它本身亦將成為更大自由之手銬腳。